―文藝×monogatary.com小説集―

New me

有手窓　東旺伶旺　佐加島テトラ　目榎粒子　青井井蛙　本條七瀬　冬村未知

河出書房新社

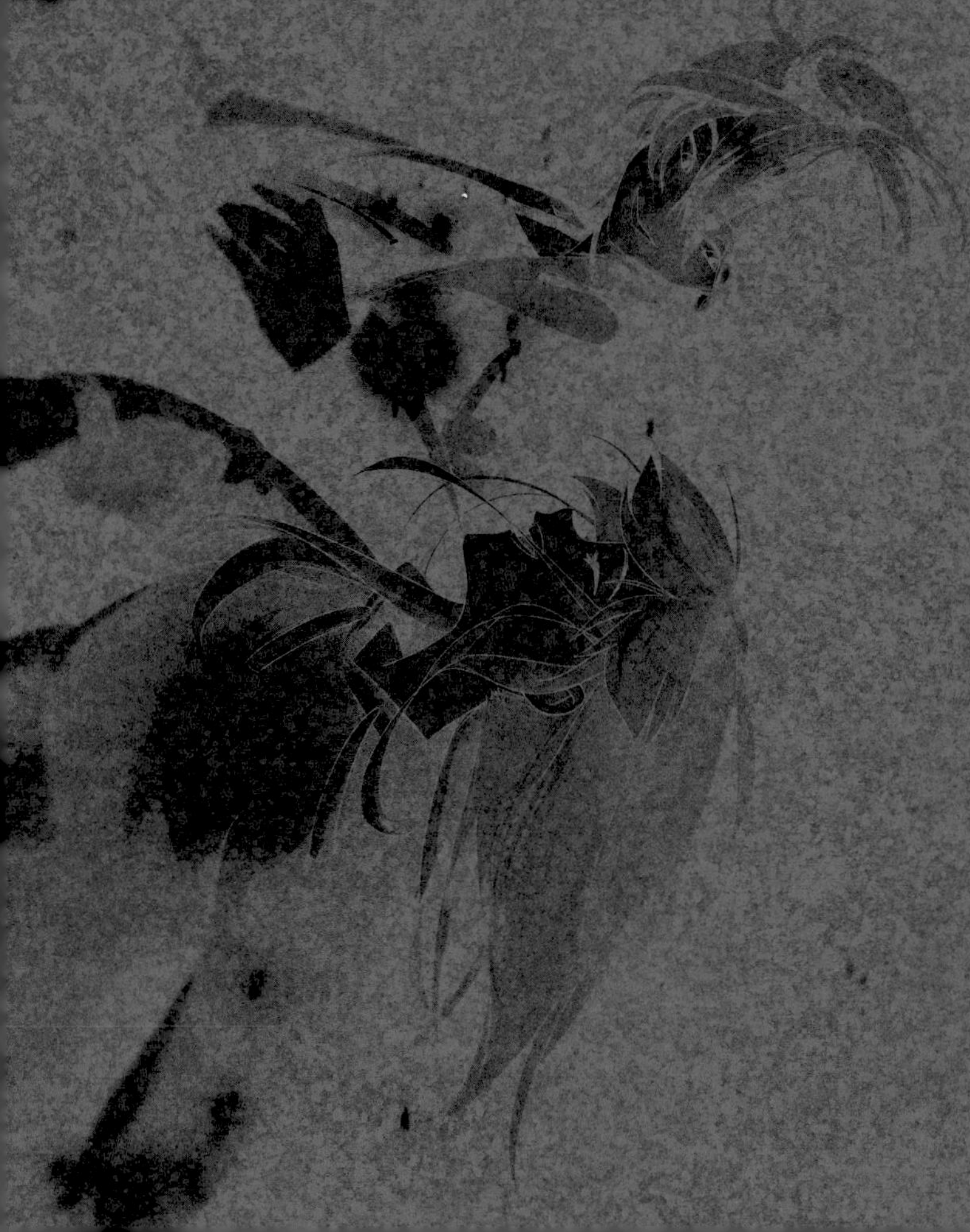

目次

New me

——文藝×monogatary.com小説集——

白山通り炎上の件

有手窓

1

自分の気持ちより、〝おじさん〟たちの気持ちを優先するようになったのはいつからだろう。バカだと思われてないと、親しみやすくないと、女に居場所はないから。こんなおじさんばっかの部署では、なおさら。デザイナーチームなんて言ったって、フタを開けるとそんなものだ。

「え〜、私は田中《たなか》さんのデザイン好きですよ」

思ってもいないことがスラスラと口から出てくる。

本当は社内コンペにエントリーされた中で一番ダサいと思ってるし、これを二十代の女性が手に取る商品のバナーとして本気で行けると思ってるのか、肩摑んで揺さぶってやりたかったけど、そんなことはしない。

代わりに、ちょっと緩くヘラヘラした口調で相手が喜ぶことを言うだけだ。私のデスクにわざわざ雑談しに寄ってきたおじさんに。

「本当？　そう言ってくれるのはのぞみだけだからなあ！」

「え〜？　そんなことないっしょ！」

敬語とタメ語、それをいい感じに使い分けて、もっともらしさの演出も忘れない。本当に私はあなたたちに心を開いている、と思わせるために。許してもいないのに下の名前を呼び捨てにされたせいで生まれた鳥肌も見ないフリをして。

前の職場では、おじさんたちのやり方におかしいものはおかしいと抵抗し続けていたら、要約すると『若いくせに生意気な女』と言われてあっという間に居場所がなくなった。

おじさんが発案したものを少し偉いおじさんが採用し、正規の手続きに則《のっと》らず（正規の手続きなんてものも、部署の偉いおじさんが決めてるのだけど）、おじさんスクラムの中で勝手に話は進み、勝手に決まっていく。たいていは若い女の入れない飲み会か喫煙室が現場だ。私たちは、すでに決まった何かを知らされるだけ。おじさんたちのルールの下では、正規の方法でなんとかアイデアを通そうとしている人間は損をするばかりだった。

同期の若い男子は、そこに飛び込むことに決め、タバコ臭くなるのと引き換えに少しずつ仕事が進むようになっていった。彼も同じ〈おじさん〉になっていくのだろう。〈おじさん〉に年齢は関係ない。下手したら性別も関係ないのかもしれない。

ただ確かなのは、おじさんスクラムに交じれない、おじさんの中で価値を見出される〝正しい若い女〟ではないと見なされれば、簡単に居場所はなくなるということだ。

技術やセンスを磨いたり流行を知ったりするのではなくて、おじさんの輪に飛び込むことが唯一仕事を進める方法だと理解しても、昔の私はついぞ、不倫話を自慢げに話したり、二十歳下の彼女がいるのがステータスだったり、若い頃のやんちゃや、その他もろもろ他人をいかに玩具《おもちゃ》のように扱ってきたかを武勇伝にしたりするようなおじさんたちの前に膝を屈することができなくて、その結果〝干された〟のだ。

　私の身体の周りに見えない壁でもできたみたいに、スーッと周りの人との間に距離ができて、最後には誰も私の味方になってくれなかった。〝おじさん帝国〟に抵抗するのも虚しくなって、飛び出すようにそこを辞めた。それから今度はもっと上手にやろう、そう決めたのだった。昔のおじさんには憎しみしか持てなかったけど、新しいおじさんたちなら、一から関係構築だってできるかもしれない。

　だから今の私は、おじさんたちから話しかけやすい女の子に見えるように、ひたすらニコニコしているのだ。おじさんたちの世界に存在を許される、〝イケてるオレ〟を尊敬している若い女に。

　でも今の時代、そんなことしてると良いことばかりじゃあない。おじさんの庇護《ひご》を受ける代わりに、同じ部署の女性たちからは心配半分呆れ半分で見られるようになるのだ。

　おじさんに媚《こ》びてるように見える私は、部署の中で薄《う》っすらとバカにされてるんだろう。そう思われてるのは、前の会社の自分を知っているからよく分かる。間違ってない、これが生存戦略だ、と思っているはずなのに、おじさんを含めた社内のみんなから下に見られているのを感じる。仲良くしてくれてるし、可愛がってもらってるのは分かるけど、なんとなく〝下〟だと思われている感覚が消えない。態度のはしばしに、そんなものが滲《にじ》んでいる。ある女の先輩には「多々良《たたら》さんっておじさんたちに優しいよね（私は無理！）」「多々良さんってギャルだよね（馬鹿っぽい！）」なんて言われる始末だ。気に掛けてくれているのは本当でも、本音が透けて見えるのだ。

別にいろいろ無理なのは分かってる。実際前の会社では私も無理だったし仕方ない。でも結局それが一番早いんだから、別に仕事で仲違《なかたが》いするより、良好な人間関係を作ったほうが良いに決まってる。

干された経験というのは意外と根深く、自分に取り憑《つ》いているようだった。苦い記憶は、今の私の行動を縛っている。


そんなことを思いながら私は自動でニコニコしつつ、話の内容もろくに認識せず田中さんに相槌《あいづち》を打っていた。

デザインの話をしていたはずなのに、いつの間にかプライベートな話題に雪崩《なだれ》ていくのもおじさんたちの特徴かもしれない。

「ていうかのぞみってさ、どれくらい彼氏いないの？」

そこまで踏み込んでいいと言ってないところまで、自分には踏み込む権利があると信じているように、彼らはこともなげに越境してくる。

「え〜、あー、大学のときの彼氏と別れてからだから……、五年とか？　いないかもです」

「うわ、もったいない！　マッチングアプリとか使ってみたら？　俺も使ってるし。六人くらい女の子に会って、みんな部屋まで行ったりしてるし」

思わず「え？」と声が出そうになる、頭の中の自分は『何がもったいないんだよ！　独りでいい人間だっているんだよ！　そもそもお前がセフレ製作に勤《いそ》しんでるところで彼氏作れるわけないじゃん！』と叫んでいるけれど、現実の自分は別にそんなこと言わない。ニコニコしながら良い子に返すだけ。

「え〜、田中さんとは会いたくないなあ！」

「のぞみ酷《ひど》いな〜！　ね、そう思うよね、派遣さんも」

『うわ、振るなよ。よりにもよって笹川《ささがわ》さんに』。そう脳内で悪態をつく。

私と田中さんがダベってた後ろのデスクに座る彼女は、デザインチームと他の部署を繋いだり、外部のデザイナーに発注するときの事務手続きをしてくれたりする派遣社員の人だった。

この会社の中で、誰が派遣社員の人なのかはすぐ分かる。会社の求人には服装自由って書いてあるのに、派遣の人には野暮ったい緑がかった灰色の制服を着せているから。私を含めて、直接雇われてる人間は、この会社のどこに更衣室があるのかも知らないのに。そして事務作業をしてくれる派遣さんは女の人だけ、つまり制服を着てる人は女の人だけだった。田中さんをはじめとして、おじさんたちはいつまでたっても制服組を〝派遣さん〟と呼ぶのだ。だけど、そういうことに対しても薄っすらと浮かぶ〝嫌〟の気持ちにはフタをする。それがスムーズにやっていくための最適解だと分かっていた。この〝嫌〟も、派遣さん呼びではなく名前を呼ぶべきだという言葉も、はなから理解できない人間がいるのを私は知っていた。

田中さんの趣味の悪いアロハシャツみたいな派手な柄のシャツと、笹川さんが着ている妙な色味の制服。なんだか並ぶとクラクラした。

一方、笹川さんのほうは笹川さんのほうで、その制服以外も、なんていうかマンガの中に出てくる女性社員の戯画《ぎが》みたいな人だった。年齢不詳、真っ黒な髪をひっ詰めてて、化粧が薄くて、眼鏡で、あんまり今の会社にはいない雰囲気だった。一言で言うと〝おばさん〟って感じの人。

私に対しても一切心を開いてないのは確実で、距離を感じるけれど、そのぶん私を他の人みたいに下に見ている感じはしない。ただ〝無〟があるだけだ。どっちがマシかは分からないけれど。

笹川さんは案の定、キーボードを叩いていた手を嫌々留めましたという態度で、冷たい目をこちらに向けた。

「……別に、私にとっても田中さんにとっても、多々良さんの恋人がいようがいまいが一切関係ないんじゃないですか？」

一瞬の間がある。田中さんは、まさか自分がこんな百点満点の拒絶をされるとは思ってなかったようで固まっている。だからまだ動ける私が、その場を収拾つけなきゃいけなかった。

「えー？　ちょ、もうちょい興味興味、同僚だよ、私〰！」

あくまで今の態度は私が冷たくされました、みたいなイジリで返すと、ようやく田中さんにも理解できる場になったのか、乾いた笑い声が響いた。「派遣さんは手厳しいね！」とかなんとか。田中さんの焦りが、自分を蔑《ないがし》ろにされた、みたいな妙な怒りに変わる前に、一人で収拾つけるとこまでキメた。でもそんな気遣いに気づく人間はこの場にはいない。

「まあいいや。のぞみはまずマッチングアプリ使ってみること！」

「えー、マジですか？　うーん、そういうのは、ちょ……」

「いいから一回使ってみなって！　ホントもったいないじゃん、恋人いないのってさあ！」

私はなんとか笑顔のまま、「分かりました〜」と返事だけして仕事にヌルリと戻っていく。ここが限界だった。私の心の。

本当に恋人は要らない、男はマジで要らない、って宣言するのにも、言ってもいい資格ってあると思う。それはすっごい美人か、もう別のジャンルに生きてるタイプの人。さっき氷の目を向けてきた笹川さんは後者だ。ジャンルが違う。でも私はどちらにも当てはまらないから、そんなこと言い出せない。そして恋人は要らない女というのを、おじさんたちは想像できない。

「多々良さん〜、マジでマッチングアプリやるんすか？」

仕事に戻ろうとした瞬間、隣の席から声を掛けられる。後輩の男の子、伊藤《いとう》君が少し笑いながらこちらを見つめていた。

他の人にはきっとそんなことないのに、伊藤君は私に対してだけ、全ての発言の語尾に薄っすらと『w』が付いてるような話し方をする。彼とは会社から駅までの帰り道でよく一緒になるから話す機会は比較的多いけど、何度話してもなんとなく会話が上滑りする。それはきっと彼が悪いのではなく、私がこういう……チャラいタイプの人と上手くやれないだけだ。黒髪だけど雰囲気の全部がチャラい感じ。いつもニコニコしていて良い後輩だと思うけど、時々その馴れ馴れしさにおじさんたちと同じものを感じて息が詰まる。そうさせているのは自分の態度だと自覚があるから、余計に。

「んー、まあ、やらずに逃がしてくれる感じじゃないじゃん、先輩たち」

「……そうっすね」

何か含みがあるような言い方をしてから、伊藤君はパソコンに向き直った。いやに真剣な目をしてたのが気になったけど、私はそのまま仕事に戻った。

2

嫌なことはすぐに終わらせてしまうほうがいい。そう思って、あまりの嫌さに唸《うな》りながらも、その日の夜にマッチングアプリをスマホにインストールした。自分のテリトリーに、自分の意図と関係ないものが入り込んでくる気持ちの悪さ。それでも、嫌いな物は最初に食べてしまったほうが、あとは楽になると知っていた。

男を求めない女でいることが許されない私は、おじさんからの命令から逃げられず、一度やってみたけどダメでした、っていう免罪符《めんざいふ》を得ないと、再び恋人なしの日々を過ごせない。

普段ならソファの上でボーッとインスタのリールで猫の動画を眺めてる時間に、行きたくもないデートに行くための準備をしている。

それでも、ただ恋人づくり失敗の実績を解除して、もうこりごりです、だからほっといて、と言うためにアプリに登録するというのは、わずかながら罪悪感もあった。このアプリにいるのは、本当に恋人を探したくて、頑張ってデートをしようって人ばかりだろうし……。

だから、芋虫が自分には毒があると派手な色味で周りに示すみたいに、私も見た目を過剰にすることにした。

まずはプロフィールを無意味な絵文字の羅列で囲ってみた。おじさん構文をイメージして、水鉄砲とハートと投げキスみたいな絵文字をズラズラ繋げて、語尾にもしつこく絵文字を入れて。まともな人ならきっと避ける、ギラギラした色合いのプロフィールページを目指した。出来上がりはだいぶキマってて、なんだか文字化けした文章みたいに見えた。SNSでこのつぶやきをしてたら、たぶん友達にはなれない。

あとは写真だ。それも自撮りでゴリゴリの加工をしてみた。目の大きさを二倍にして、パッと見では普通でも、よく見ると少し怖い感じだ。これが出てきたら普通は避けるだろう、みたいなくらい。

正直、結果はどうでもよかった。自傷みたいなものだったのかもしれない。こんな女に引っかかるくらい誰でもいい人とメッセージを交わして、適当にデートしてフェードアウトしよう……。

そう思って登録した瞬間、『いいね』の通知が飛んできた。本当にいるんだ、なんでもいい人。

何も考えずにページに載っていた『カザマ』という名前と顔写真だけを確認して『いいね』し返し、メッセージを書き始めた。けれど、カザマという人のプロフィールは素っ気なく、趣味の欄に『映画鑑賞』とあるだけ。写真は前髪だか横髪だかが被っててろくに顔も見えない。なんていうか、相応《ふさわ》しいかもしれない。適当デートの相手には。

『こんにちは！　「いいね」ありがとうございます！』

『どうも。明日すぐ動けますか？』

勢いが良すぎて少し驚く。でもまあいいか。この人と恋人になるわけじゃない。そう思ったら、早く終わらせるにはピッタリな人でラッキーとまで思えてくる。

『土日休みなので明日大丈夫です！』

『了解。池袋駅東口出たところ、十一時に』『ブリーフィングしましょう』

ブリーフィング、という単語に一瞬脳がついていかなくて動きが止まる。ミーティングみたいな感じじか？　一応デートだって言ってんのに……。なんて自分を棚に上げて返信を打っている間にも、乱打のように相手からのメッセージが続く。

『ちなみに』『ゴ無ホ別諭吉2枚』『で』『いいですか?』

突然呪文が出てきて戸惑う。マッチングアプリ内の暗号か何かか? デート代割り勘、みたいな?

もうなんでもいいや。さっさと終わらせて会社のおじさんに報告。あとはそれをネタにしてしばらくは『恋人がいない人間でいい』許可証を貰うだけだ。虚しいとか思ったら終わりだと感じた。私は会社での平穏や過ごしやすさと引き換えに、いろんなものを差し出しただけだから。

『いいです! 大丈夫です! 東口に明日よろしくお願いします!』

早く終わればそれでいい。本当に、それで。

3

翌朝、一応デートのつもりで、私は池袋駅東口の駅から少し出たところ、地下通路の入口付近に立っていた。本当は何度も何度も帰ってしまおうかと悩んだけど、なけなしの良心というか、なんで来なかったと詰められるほうが嫌というビビり心がそうはさせなかった。

ていうかデートで池袋。池袋って何があるんだ? 水族館、とかだろうか。そこまで考えを巡らせたところで、「のぞみさん？」と声を掛けられてパッと顔を上げる。

少し見上げた先にあった前髪を目の上に垂らしたその顔は、アプリで見たのと同じだ。カザマさんは私よりずいぶん背が高い。正直アプリでは顔しか分かんなかったけど、そのヒョロリとした立ち姿はなんだか良かった。全身黒い服を着ていて、シャツとズボン、靴の先まで全部黒い。痩《や》せた体軀《たいく》が、ダボッとしたシャツの向こうにある。バンドマンって感じだなと思った。もしくは舞台俳優とか？　服のセンスは置いといても、舞台の上でもきちんと役者に見えるような、隙のない謎の存在感があった。

私がジロジロ彼を見てるのと同じように、カザマさんもジロジロとこっちを見てくる。初めて見た生き物を眺めるみたいに、私の頭のてっぺんから爪先《つまさき》まで視線をやってから、感心するように彼はつぶやいた。

「……ふーん」

「なんですか？」

「いや、珍しいなと思って、あなたみたいなタイプ」

「……嫌ですか？」

「別に？　きっちりやることやればそれで」

昨日から、この人の言葉のチョイスは少し妙だ。思わず眉が寄ってしまいそうなのをなんとか笑顔でやり過ごすと、彼も特に気にしないことにしたようだった。

「とりあえずブリーフィングしましょう。そこのビルの喫茶店でいいすか？　あそこのプリン好きなんです」

「お薦めなんですか？　ぜひ！」

ニコニコしてるのは私だけだった。

ぶっきらぼうな態度を取ってていいと思われてるんだな、やっぱり。そういうことに気づくたび、自分の中の何かが削れるような気がする。結局愛想良くしたほうが負けみたいな。でももう、それ以外にどういう態度を取れば正解なのかも分からなくなっていた。


カザマさんと私は、駅前すぐの古いビルの二階にある、こぢんまりとしてくすんだ感じの喫茶室に腰を下ろした。同じビルの一階のパン屋さんは見覚えがあったけど、上がお店になってるのは初めて知った。繁華街の喫茶店て、みんなお尻が椅子に張り付いてるんじゃないのってレベルで、いつでもどこでも混んでいるイメージだったから、ガランとしたその店内の光景は不思議な印象を受ける。

「すみません」

私がメニューを開いた瞬間くらいに、もうカザマさんはウェイトレスさんに声を掛けていた。……デートでそういうことする？　私がそんなこと言えるわけないけど。

「私、レディースセット、デザートはプリン、飲み物コーヒーで」

「え、あ、え――、じゃあ私もそれで！　コーヒーはアイスで！」

慌てて適当に言ってメニューをウェイトレスさんに返してから、私はふとカザマさんのほうを見つめながらつぶやいた。

「レディースセットって……」

思わず零《こぼ》れた言葉に、カザマさんはやっぱり長めの前髪の向こうで少し笑って言った。

「女を見るのは初めて？」

「え？　そんなわけないじゃないですか……」

「じゃあ問題ないね。あとここのプリン美味しいから、さらに問題なし」

そう言い切られたカザマさんの言葉とは裏腹に、私の語尾はゴニョゴニョと空に消えていく。あのアプリは別に男とだけマッチするわけじゃあないらしい。知らなかった、何事もやってみないと分からない。それだけはおじさん語りに納得させられてしまう。

混乱と驚きで心臓がバクバクし出した。確かに言われてみれば、ダボついた服の向こうの身体つきは細い。声もタバコで掠《かす》れているようだけど、ハスキーな女の人の声の高さだった。

戸惑いもしたけど、結局私に必要なのは、アプリを使ったけどダメだったって結果だ。私の目的に、相手の性別で困ることなんてない。

カザマさんのほうは特に何も気にした様子もなく、ウェイトレスさんがやけに慎重に持ってきてくれたプリンアラモードを、当たり前の表情で食べている。私はアイスコーヒーを飲みながら、凄い勢いでプリンを吸い込んでいく彼女を見つめていた。

ちょっと意味分かんない人だけど、これはこれで面白いかもしれないな。デートとして、どこに行くか相談するのも。会社の外で新しい知り合いとか作るのって本当久しぶりだし。ジャンルが違う人と出かけることって本当にないから。

女の人なら、恋人にならなかったとしても友達にはなれるかも。アイスコーヒーをグルグル混ぜながらそんなこと考えてる私の前に、カザマさんが突然ヌッと何かの紙を差し出してきた。

「はい、これ。資料作ったんで」

「資料⁉」

「そりゃ作るでしょ。今はタブレットとかで共有する人が多いらしいけど、結局物理が早いし、隠滅《いんめつ》も楽なんで」

デートの栞《しおり》ってこと？　マッチングアプリでデートする人ってそこまでやってんの？

私は恐る恐る彼女から受け取った書類を眺めてから、茫然《ぼうぜん》と囁《ささや》く。

「何これ……」

「何って、共有資料。あなたに、私からの。五分で読んでくださいね」

そう言われて見せられた資料の題名に、私は目を見張った。

「案件番号、さんぜろよんぜろ、あんさつ、計画……」

カラン、と私のアイスコーヒーの氷が溶けてグラスの中で音を立てた。その音が聞こえるくらい、一瞬店内がシーンとなった気がする。カザマさんのスプーンからぺろりとプリンの欠片《かけら》が落ちた。

「なっんで声に出すの？　この仕事始めたばっか？　いや、始めたばっかでもそれはないでしょ？」

信じらんない物を見るような目でカザマさんが私を見詰めてくる。さっきまでの物静かな態度が嘘みたいに、口調も雑になっていた。

「仕事？　何それ？　私ただデートに来ただけ……」

パンッ、と乾いた音がしたのはそのときだった。分かったのは音が鳴った瞬間、カザマさんが私の頭をガッとテーブルのほうに押し込んだということだけだ。

「!?」

頬に何か水滴が飛んだし、テーブルにおでこをぶつけられそうになって、とっさに湧いた怒りとともに顔を上げる。何をするんだと言ってやりたかったのに、目の前のカザマさんは手の甲から血を流しながら窓のほうを睨《にら》みつけていた。

「頭下げといて。交番近くだからさすがにやらないと思ったんだけどな……」

私のほうを見ないまま、彼女は何かを探すように窓のほうに顔をやって、眼球だけをギョロギョロと動かしていた。何が起きたか分からないまま、水滴で濡れた頬に触れる。指先が赤くなっていた。

「え？　それ、怪我？　何？」

「ちょっと弾が掠《かす》っただけ」

「たま……??」

さっき、コーヒーとプリンをゆーーっくり持ってきてくれた私のお母さんくらいの年齢のウェイトレスさんが、もの凄い機敏な動きで窓に飛びかかると、シャッとブラインドを下ろした。それから彼女は無言でキッチンのほうを指差す。

カザマさんはそのウェイトレスさんに軽く手を振ってから言った。

「ガラス代、ツケといてください。割れてはないけど端に弾痕《だんこん》残っちゃってるんで」

「承知いたしました、お気をつけて」

ウェイトレスさんが言いながら、ポーンと何かをカザマさんに投げる、彼女がキャッチした小さな白い筒は包帯のように見えた。本当に血が出てるってこと？

私はカザマさんに追い立てられるようにバッグを掴み、喫茶室の調理場のほうへと進んでいく。

「奥から出る。説明はそっちで」

私は黙ったまま頷くことしかできなかった。


進んだ先の調理場は、古い油のような独特の臭いを漂わせていた。油でギトギトのキッチンの奥にひっそりと佇《たたず》むドア。その先、暗い階段の踊り場に二人で身体を滑りこませてから、カザマさんは私のほうを向いて囁いた。

「あんた、マジで素人なの？」

「なんの素人!?」

「チッ」と小さな舌打ちの音。でも、ビクッと私が身体を震わせたのを見て、彼女は口の中だけでモゴモゴと「悪い」とつぶやいた。

意味が分からない状況。メチャクチャな人だと思ってるのに変なところで優しい。

「アプリであんたが載せてた絵文字は、仕事を請け負いたい人が載っける暗号」

「仕事、って……」

「そりゃ殺し屋の仕事ですよ。殺しにまつわる仕事全般」

全部言わなきゃ分かんないですかね？　そんなことを思ってるのが顔に書いてある気がするけど、分かるわけもない。

「な、何それええ……。今そのせいで狙われたんですか？　仕事に乗った？　から？」

私がか細い声で呻《うめ》いたのを無視して、カザマさんはあたりを見回しながらゆっくりと階段を降りていく。それに慌ててついていくしかない。

「あんな……、ただ羅列しただけの絵文字で仕事のやり取りしてるんですか？　殺し屋って……」

どう考えたってクソバカじゃん。なんて悪口が出そうになるけど、それは押し込める。

「分かる人にしか分からない、他の人には無意味に見える、っていうのを満たしてるんで。けっこう便利なんですよ。どこにでも書けるし。そしてのぞみさんは仕事募集の絵文字出してたんですよ」

カザマさんはそう言いながら、ポリポリ腰のあたりを掻くような動きをしてみせる。次の瞬間、彼女の手には小さな拳銃が握られていてギョッとした。「そういえば、手は大丈夫なんですか？」なんて口走ったら、「もう血は止まったから」ってあっけらかんと返された。

銃を手にしたカザマさんに先導されながら階段を降り続ける。

「あの……、昨日メッセージで送ってきた暗号みたいなのもそれなんですか？」

「あれはゴム弾無し実弾のみ、つまり必殺の仕事。ホテルは死体を片づける場所だから、その仕事自体をだんだん指すようになって」

「え〜、つまり、私二万円で死体清掃係やるって言っちゃったってことですか⁉」

「まあ、安いなとは思ったけど、新人ならそういうこともあるなと。まあ、それはいいです。こっちでやるんで」

「私、カザマさんがデートの割り勘の話をしてるのかと……」

4

階段は、外からビルを見たときよりずーっと下に繋がっていて、おそらく地下までそのまま続いているようだった。もうとっくに地上にたどり着いていてもおかしくないのに、私たちは階段を降り続けている。

カザマさんは私の間抜けな発言を聞いて、こちらを見ないまま少し笑ってくれた。

「でも、普通ならそういう紛《まぎ》れ込んでるのは、こっちのアプリには出ないはずなんですけどね。ここ出ます」

今いったい地下何階なのかも分からない所まで降りてきたけれど、カザマさんは迷わず何も書かれてないドアに手を掛けた。

その奥には広大な空間が広がっていて、白っぽい蛍光灯に照らされた車がズラリと並んでいる。ガラガラの喫茶店の駐車場とは思えない数だ。

「駐車場……？」

「本物の車はちょっとだけです、あとは下手に弄《いじ》ると爆発します」

「え⁉」

言いながら、カザマさんは迷わず黒のミニバンに手を掛けた。爆発なんて言われたから思わず身体が強張ったけど、彼女は無事にドアを開けて運転席に座る。私にも助手席に乗るよう目で促した。

他人の車特有の落ち着かない匂いに包まれてから、フッと息を吐いた。

「なんで私、カザマさんとマッチしちゃったんだろ……。あ、カザマさんが悪いってことじゃないんですよ！　でも、メチャクチャ運がなかったのかな……」

「デートマッチングアプリと殺し屋マッチングアプリ、運営は一緒なんで、必要なら繋ぐってスタンスだから……。それが繋がったってことはたぶんのぞみさんはターゲットのほうなんじゃないですか？」

「え？　殺し屋ってアプリあるんですか？　ていうか運営一緒なんですか？　私狙われてるんですか⁉」

「この世界、カウンターありなんで。狙われてること知ってる普通の人って、あんまいないから滅多にないですけどね」

カザマさんは私の混乱に半分くらいしか答えてくれなかったけど、素直な表情で「メチャクチャ運良かったですね」と笑った。こんな殺し屋の仕事なんてものに巻き込まれて、酷い目に遭ってるとは彼女は思わなかったらしい。むしろ運が良いのか……。彼女に言われると、確かにそういう気持ちになってくる。

彼女が言うには、私は殺しのターゲットになっていて、そうなるといろいろな手続きを踏んで殺し屋アプリに入会？　とかしなくても、狙われた人も殺し屋のアプリのほうにアクセスできるようになるらしい。カザマさんがカウンターって言ったのはそういうことだ。それで、自分の身を守るためにあんたも殺し屋雇いなよってことらしいけど、私はそうする代わりに、知らぬ間に死体清掃係としてカザマさんの仕事に立候補してしまったのだ。

とにかく、誰が私を殺そうとしてるかはこちらには分からないけど、ターゲットになった私には自分で殺し屋を迎え撃つか、誰かを雇うか、そうする権利があると説明された。

「で、どうします？」

「た、助けてください！　嫌だ死にたくない‼」

ようやく状況を理解して、私はカザマさんに向かって叫んだ。

普通の車より異常にたくさんのボタンが付いたハンドルの周りを、ポチポチ弄っている
カザマさんの腕に思わず縋《すが》りつく。私のほうを見ないまま彼女はつぶやいた。

「まあ、いいですけど……お金あるの？」

「ろっ、ローン組みます!!」

奨学金の支払いと合わせていくらになるんだろう。そう考えると、グッと何かが喉の奥に詰まったような感覚になる。だけど、今はそんなことを気にしている場合ではない。そう言ってから、自分はずいぶん生きたいと思ってるんだと気がついた。

カザマさんは返事をする前に車を発進させる。ミニバンはキュッとタイヤの音を立ててスルスルと走り出した。意外にも丁寧な運転だ。窓の向こうをおそるおそる見回してみるけれど、周りに誰かが居る様子はない。

ただマッチングアプリでデートしようとしてただけなのに、なぜか私は命の危機に陥《おちい》っていた。

「デートしに来ただけなのに……」

手脚をシートの上で畳んで小さくなりながらボソボソつぶやいてると、やっぱりこっちを見ないまま車を駐車場の中で滑らせているカザマさんが言った。

「まあ、普通のマッチングアプリを使ってても、そういうリスクもあるはあるんじゃないですか？　命の危機的な」

「そっ！　え、そう、なのかも……？」

言い包《くる》めかけられている私を見て、カザマさんはこの場に合わないような明るい笑い声を上げていた。

「のぞみさんって、メチャクチャ素直なんですね。そういうの好き」

カザマさんがニコリと微笑《ほほえ》みながら私を見つめてつぶやく。

それは一瞬のことだったけど、ちょうど良い適当さで、自分の根っこのところを久しぶりに誰かに好きだと言われた感覚は心地好かった。

だけどその心地好さは一瞬で、すぐに落ち着かない気持ちに変わる。こんな適当な褒めですら、私は素直に受け取れない。私がこれまで受け取った褒めがみんな、褒めたのだから何かよこせという、条件付きの押し売りの褒めだったからだ。良く言ってやったのだから、特別な位置に自分を置けと詰められる。褒めはいつだって返却不能な言葉で、褒められと奪われは、私の中で一個の塊になっていた。

でも、カザマさんはもうこっちを見ていない。ただまっすぐ前を見て運転しているだけだ。さっきの雑な〝好き〟は単に言いたかっただけみたいな態度で、褒めておいて何かを奪わない人間に物心ついてから初めて出会った私は、殺されかねない状況だって言われたときと同じくらい動揺していた。

ここにはいない誰かに取り繕うように視線を泳がせて、ふとカザマさんの服に目を留める。身体のラインをぼかすシンプルで真っ黒なシャツの胸元、よく見たら切り忘れみたいなタグがピロピロ出ている。服、逆に着てる？　殺し屋なのに……。そんなことを思いながらじっとそのタグを見つめたらそれは洗濯表記ではなかった。何か細々した英語の文章が並んでいるのだと気づく。うっかりビロビロさせてるのではなくて、デザインとしてのビロビロタグだ。

こういう変わったデザインってたぶん、高いブランドものの服だ。偏見かもしれないけど。

「殺し屋って……個人が特定されないように大量生産の服着るんじゃないですか？　ユニクロとか」

私は思わずそんなことを口走っていた。物凄く頭悪そうな言い方になったなと思ったけど、カザマさんはハンドルを握ったまま律儀に返事をしてくれた。

「そりゃ、ヘマしそうな殺し屋はそうしたほうがいいかもしれないですけど、仕事で気合い入れたいときは好きな服着たいじゃないですか」

その明るい言葉を聞いて、カザマさんは凄くこの服が好きなんだなと知る。この人、殺し屋なのに仕事では汚れてもいい服じゃなくて、好きな服を着るんだ。

仕事で好きな服を着る、というワードで突然脳裏に浮かんだのは、緑がかった灰色のダサい制服を着せられてる、うちの部署の笹川さんのことだった。派遣さんだからって謎に追加ルールをたくさん課せられてる笹川さんたち。あんな会社で制服着せる意味なんてないのに、それでもわざわざ着せるなんて、まるで罰でも与えているみたいだ。

でも、制服を着せられてる笹川さんとも、こうして仕事のときに好きな服を着るカザマさんとも私は違っていた。服装は自由だけど、気持ちは自由じゃない。使い回しができず、その割には値段も安くはないオフィスカジュアルを揃えるのに腹は立てているけれど、だからといって好きな服もない。いつだって、周りから見て『自分が着てても変じゃない』服を着ているだけだ。

「好きな服……」

思わずつぶやきながら、そのロゴをじっと見つめる。アルファベットで一番大きく書かれているのがおそらくブランド名だと思う。英文じゃない、ローマ字？　みたいなそれをふと読み上げる。

「べらんだ……さいえん？」

「そう、べらんだ菜園。ここの服好きなんですよ」

ローマ字でベランダ菜園、思ったよりもあんまり高そうなブランド名じゃないな、なんて失礼なことを思う。変わったバンド名みたいだ、もしかしたらカザマさんは好きなバンドのグッズとか着ているのかもしれない。でもそれが似合っているし、本人もそれを喜んでいるみたいだから、それはきっと幸福な出合いだったんだと思う。

私は真剣な目に戻った彼女を見つめながら、思わず固まってしまっていた。

「とりあえず、今から普通の道路に出ます。ちょっと相手の出方を見たいので、あえて身を晒《さら》します」

カザマさんがそう言った直後、車は暗い地下から太陽の光の下に出た。

私たちは池袋駅からは少し外れた、地下駐車場の出口から出てきたようだ。そんなに移動した感じはなかったのに、けっこう駅からは遠い。地下の広がりに少し驚く。

私は身体をシートに沈み込ませながら、目だけを窓から覗かせてキョロキョロしていた。

カンッカンッ、と小石が跳ねて金属にぶつかるような音がし始めたのは、それからすぐのことだった。

「あー、撃たれてる」

「ほ、本当に？　これ撃たれてるの⁉」

「音的に……斜め後ろとかにどんな車があるか見えますか？」

カザマさんにそう言われ恐る恐る後ろを向こうとしたら、確かめる前にドオンッと大きな音がして、車体がフワッと浮いた。遠くで獣が喚《わめ》いているような声がすると思ったら、私の悲鳴だった。奇跡的に走るのには問題はないみたいだけど、後ろの窓は煙が舞って何も見えない。

「な、何か！　撃ってる！　でっかいやつ！　道に穴とか開いちゃうやつ！」

「撃ち返せばいいだけですよ。ちょっとハンドル持ってて――」

そう言って、カザマさんは助手席の私に無理な姿勢でハンドルを握らせると、普通の顔して窓を開けた。

「なんでヤバいの撃たれたとたんに窓開けるんですか⁉」

「あっちは次の装塡《そうてん》に時間掛かるから大丈夫ですよ。それに開けなきゃ当たらないんで……」

言った瞬間、私たちの後ろに立ち込めていた煙の中から、一台の白い車が飛び出してきた。その姿はまっすぐこっちに飛び込んでくる殺意を持った獣のようだ。

その車に、カザマさんは片手で軽く構えられるパパパッと連続で弾が出るような銃を向け、撃った。

車が吹き飛ぶような物には見えないけれど、的確にフロントウィンドウに大きな亀裂《きれつ》が入る。タイヤも上手いことやれたらしい。パァンと大きな音を立ててから、つんのめるようにクルクルと車が滑っていく。

どうか通行人が誰も巻き込まれていませんように。そう祈ることしかできない。

そのまま、私たちはその場から走り去った。

心臓が口から飛び出そうになってるのは私だけで、カザマさんは嬉しそうに小さな歓声を上げている。ゴスっぽいビジュアルのイメージと違って、彼女はいろんな感情を隠さない。

「上手く行きましたね。相手がこれだけだったらいいんですけど」

そう言って、運転席で笑うカザマさんに笑い返す。倒せてしまえば、まるで映画みたいな経験だった。

そう思った瞬間、カザマさんの横顔越しに、脇道からバイクがこっちに飛び込んでくるのが見えた。

「あ……ぶない！」

私は横から、ハンドルをギュッと無理やり左に切る。急な方向転換をした私たちの車にぶつかって、バイクが滑るように転がっていく。

すぐにカザマさんが、私の手の上からハンドルを握り直すように支えて、そのまま細い路地に入って住宅地を抜けていった。

「ありがと、助かった」

カザマさんにそう言われるのはひどく嬉しい。でも……

「あれ、も、殺し屋ですよね……？」

そう確認せずにはいられない。車のお尻でフッ飛ばしておいて、普通の人だったらどうしようという恐怖が湧き上がる。

「まあそうじゃないですか？　たぶん殺し屋殺し屋。気にしないでいいよ」

カザマさんはずいぶん適当に言いながら、似たような家々が並ぶ通りを爆走していく。慣れたやり方で再び大きな通りに戻ったとき、また違う車がギュンと近づいてきたと思えば、私たちの車を追い越したあと、急な減速をして追突させるかのような動きを見せてきた。

「煽《あお》るなあ……」

そう囁くカザマさんの目線をたどった先、煽り運転を続ける車の後部座席で、ギョロリと白目を剝《む》いてこちらを睨みつけているのは、見覚えのある顔だった。

「あれ……、伊藤君？」

会社で、隣の席に座る後輩の男の子だ。特に記憶に残るほどのやり取りもないけれど、さすがに隣の人の顔くらい認識している。

「知り合い？　話す余地ある感じの人？」

「え、でも、たまたまだと思うんですけど……」

「状況分かってる？　目の前で煽り運転してくる車に、知り合いがたまたま乗ってることないって！」

そう言われてしまえば黙るしかない。伊藤君が私を殺そうとしてるってこと？　死んでほしいって思われるほど嫌な先輩じゃないと思うけど、それは自分を信じたいだけ？　さっきまで、災害みたいな、意思がないものに襲われているような感覚だったことに気づく。でもそうじゃない。明確に、身近な人間に死ねって思われてるのだ。その感覚は背筋をスッと冷やしていく。

「あいつがたぶん、依頼人。あいつを殺すか動けなくするかが一番早いですけど……。まあ、話し合いって選択肢もナシじゃないですよ。どうする？」

運転手ではないにしろ、メチャクチャ大きな八の字を描くように煽り運転を続ける車に乗ってる人に、どんな言葉が通じるのか正直分からない。けれど、何も訊かずに殺されたり殺したりするよりはマシな気がした。

私がゆっくり頷くと、カザマさんは小さく頷き返してくれてから、ダッシュボードにある謎のボタンを押した。

『対話希望。場所はセーフゾーン巣鴨』

カザマさんがそう言うと、車のラジオがザザッと音を立てた。聞き覚えのない男の人の声が『巣鴨了解』と返事すると、目の前の煽り運転車両はグイッとハンドルを切って、Uターンするように太い道を戻っていった。

「すがも……?」

「巣鴨は引退殺し屋が多いんですよ。引退してるから、殺しはご法度《はっと》のセーフゾーンとして設定されてて」

「いんたいころしや……?」

「とりあえず向かうよ」

5

池袋のあたりから大塚を抜けて、巣鴨に向かうまでの短い道すがら。助手席でずいぶん静かになってしまった私を、カザマさんは少し気に掛けるようにチラチラと横目で窺《うかが》っていた。

「そいつのこと好きだったとか？　落ち込んでるみたいに見える」

「別に好きではないんですけど、びっくりはしてて……。それに、怖いですよ。自分のこと殺そうとしてる人と喋るの。意味分かんないし……」

「まあ、ビビるのも分かりますよ」

カザマさんの運転は、何かに追われてないときは凄く静かで滑らかだった。まるで車が静止したままなんじゃないかと思えるくらい。丁寧で、心地好い。

「カザマさんもビビってたときあるんですか？」

「ビビってたし、ずっと怒ってたし、だから殺し屋になったんですよ」

「何それ」

「大人になるまで、私の家だと女ってだけで二級市民だったんですよ。そうなっちゃうと全然生きていく選択肢がないから、殺し屋になるしかなくて。でも殺し屋になって、すっきりすることができたから、いいかなって」

そのすっきりの内容についてはなるべく深くは訊かないことにする。でも、強くてなんでもできそうな彼女でも、そんな風に怒らなきゃならないことがあったのか。怒って、それからすっきりを手に入れたのか。

車は大きなお寺の裏側で止まった。エンジンが切られると、車内は急に静かになる。

まず話す、とは言ったものの、やっぱり怖くなってきた私の気持ちに、カザマさんも気づいていた。

「大丈夫。なんかあったら、殺してあげる」

カザマさんは、邪魔そうな前髪の向こうで目を細めて笑っていた。

「その言い方……、私を殺す、ってことじゃないですよね？」

「もちろんのぞみさんを殺すつもりじゃないけど、場合によっては一息に楽にしてあげるのが一番良いってこともあるから」

「あなた、素直すぎるんですよ……!!」

ギリギリ歯を食い縛りながら唸るように言うと、カザマさんは誤魔化すように笑って続けた。

「素が出てきて良い感じですね！　いってらっしゃい。傍《そば》に居るから、ビビらないで大丈夫。セーフゾーンだから基本的に暴力ナシですし」

その囁きに背中を押されて、私は車から降りる。身体が外気に触れたとたん、太陽の光は暖かいのに身体が震えた。それがどれだけ私の恐怖を軽くしていたのかと、今さら思い知る。ここまでは、撃たれても平気な頑丈な車の中で、隣にカザマさんが居てくれた。

バタンとすぐにドアの音が続く。振り返ると、カザマさんが何かをポケットに突っ込みながら車から降りてくるところだった。

「行きましょ」

「あ、うん……」

独りで行くのだと思っていたけれど、そう言えばどこが集合場所かも知らない。彼女が傍に居てくれると分かったとたん、身体の力が抜けていった。

休日の昼間、巣鴨の通りは観光に来た人たちで賑わっていた。どこかで聞いたとおり、メチャクチャご老人が多くて、東京っていうより地方のお寺とかへ行ったような錯覚に陥る。

背の高いカザマさんが歩行者天国の人混みをスイスイと切り開いていくあとを、私はそのままついていった。

お寺の赤い門を潜《くぐ》ると、さらに人の数が増えた。お線香の匂いがする。それから人の話し声のボリュームが上がって、笑い声も混じる。穏やかに晴れた休日の境内。今からここで、私を殺そうとする後輩と話をするなんて信じられなかった。

人が集まっている本堂のほうではなく、ベンチが並んだ拓《ひら》けたあたりに佇んでいると、カザマさんが私の耳元で囁いた。

「来たよ」

キョロキョロとあたりを見回すと、プラスチックで固めたみたいな、まるで人間らしくない顔をした伊藤君が、私のほうにズンズンと歩いてきていた。

思わず身体が強張る。一歩後ろに下がるとカザマさんの身体があって、彼女に支えられるような感覚になった。

伊藤君は眉間《みけん》に皺を寄せてこちらを見ていた。

「……ども」

その低い声は、聞き覚えのあるものよりずいぶんトゲトゲしていた。昨日ニコニコヘラヘラ話しかけてきた人と同じ人物とは思えない。

「うん、あー、えー、あの、殺し屋、雇ったのって伊藤君？　私狙ってるの本当？」

口にするとメチャクチャ変だなと思った。こんなことを、現実世界で声に出して言う日が来るなんて。

「っすね」

「理由とか——」

私がそこまで言ったところで、伊藤君がこっちの言葉を怒声で遮った。

「あんたが！　マッチングアプリ使うとか言うからじゃあないですか！　なんで！　俺の好意分かっててそんなことするんですか!?」

「え……？」

「ほんっと意味の分かんねえクソ女だなって思いましたよ！　散々好きって態度見せておいてそれかよ！　ってなあ！」

「こわあい、なあにあれ」。おばあちゃんがこちらを見てヒソヒソ話しながら離れていく。ついでに、人の食べ零《こぼ》しを狙っていた鳩も、バサバサと音を立てて逃げ去った。

「好き……？」

言われた言葉に全然覚えがなくて、私は茫然としてつぶやいていた。

「いや何今さら誤魔化《ごまか》そうとしてんすか？　無理すぎ」

「だって本当にそんなこと思ったこともないのに……！」

薄っすらとした苦手感はあったとしても、それ以外の感情は彼に対して持ち合わせてはいない。そもそも会社にいるときの自分が好きじゃないから、職場の自分を良いと思ってくれる人なんて好きになれるわけがない。あまりに身に覚えのないことを言われてとっさに言い返してしまった。

だけど——あ、間違えた。私は彼の顔を見ながらそんな言葉が脳裏に浮かんでいた。思わず言い返したはいいけれど、目の前の伊藤君は強い怒りの籠もった表情を浮かべていた。眉が吊り上がり、顔はどす黒い赤に近い色になっている。人生で初めてだった。こんなに誰かに怒った顔を向けられるのは。

伊藤君はこちらを窺う人たちにギョロギョロ視線を向けてから、また一歩私に大股で近づいて言った。

「マジでビッチってやつですよね？　俺の横でみんなにヘラヘラして、その上マッチングアプリって、信っじらんないっす。これだから女さんは恩知らずなんだよ」

彼が一歩近づいてくるたびに、私は思わずカザマさんのほうに身体を寄せてしまう。

「ちょっと怖い目に遭ってもらおうと思って。そんで俺が本気であんたを守るとこ見せたら、ちゃんとするかと思ったんですけど」

ギョロギョロした彼の目が、私の隣のカザマさんを睨む。

「全然分かってないんですか？　なんすか、その不細工な男」

何一つ彼の理屈を理解できない。ただ、こいつが私のことをまるで自分の物みたいに考えてるってことだけは分かった。それに、カザマさんに酷いことを言ったのも、分かる。

「し、知らないよ！　何が好意だよ！　なんでそれが良いものみたいに言うんだよ！　この、この、クソが！」

ドスの利《き》いた声なんて出せない。とっさに相手を罵倒する言葉も出ない。でも、裏返った声で私は必死に叫んでいた。

「なんなんだよ、どいつもこいつも！　私のこと！　な、ナメてさあ！　あ、んたの物じゃないし、ックソ、会社のおじさんの物でもない、んだよ！」

もたつく口。それでも私は一言一言口から零れるたびに、心の奥に固まっていた何かが剝《は》がれていくようだった。全部が全部伊藤君にぶつけたいものじゃあないとは分かっていた。それでも、口が止まらない。

「みんな馬鹿にして。馬鹿にできる相手だからって心を許す、みたいな感じに勝手になって！　ほんっと、ふざけんなよ！」

自分の中でも全然まとまらないけど、私はこめかみのあたりが怒りで熱くなるのを感じた。その代わりに恐怖が少しずつ失《う》せていく。私は怒っていた、たぶんずっと。周りにも、自分にも。

「え、多々良さんなんかが俺に文句言ってるんですか？　本気？」

そう言った伊藤君の、さっきまでの硬い表情がヘラヘラ馬鹿にするものに変わる。

こっちが受け入れる気はないと見せたとき、どうしてみんな同じ反応をするんだろう。相手が自分より下で、自分よりダメだと信じているからこその、その態度。

「マジで怖い目遭わせないとダメってこと？　命狙われてるとかじゃ足りなかった？」

そう言いながら、伊藤君はポケットから小さな銀色のナイフを取り出した。

映画みたいで現実感のなかった銃に比べて、太陽の光の下で輝く刃物は、背筋を冷やすには十分だった。

「おっ」

カザマさんが少し嬉しそうな声を出す。嘘でしょと思って振り返ったら、本当に彼女の表情が明るくて目を疑った。

「なんで嬉しそうにしてるんですか⁉」

「こっちが官軍ってやつになったから。仕事が楽になる」

「おい、何を話してんだよ！　無視すんな、オレをバカにしてんのか⁉」

私とカザマさんとのやり取りを見て、伊藤君はさらに声を荒らげた。

「こっちは寛大なんで、何言うかと思って聞いてやりゃ……やっぱクズ女だ！　しょっちゅうあんたのトロい仕事終わるまで待ってやって、駅まで送ってやって、あんたも毎日オレに笑いかけて優しくしておいて、え、今さら拒否るとか……マジで弄《もてあそ》んでますよね？　あんたが田中に困らされてりゃ仲取り持って助けてやってたのに、マジでオレを利用してたってことっすよね？」

「え……」

確かに駅まで帰るときよく一緒になるなと思っていたけど、それがわざとだったなんて知らなかった。おじさんたちからのイジりという名のあげつらいに乾いた笑いしか出ないときに、おじさんたちに迎合《げいごう》して一緒になって『多々良さんってそういうとこありますよね』って伊藤君が笑ってた姿は記憶にあるけど、彼の中ではそれが私を助けることになっていたらしい。

「た……頼んでない、そんなの！」

でも伊藤君はそうは思ってないみたいで、また半笑いで私を見つめて言った。

「え？　それクレーマーとおんなじじゃないですか？　人にやらせておいて、やっぱナシとか、ヤバくないですか？　自分が言ってること分かってます？　あんたにはオレにそういう態度取る権利なくないすか？」

怒りの半笑いのまま、伊藤君は言った。

職場をスムーズに回したい。そのために作ってた笑顔とか明るさとか、私が過去の失敗から今度はやりやすく仕事をしたいがために、自分のために必死にやっていた感情労働に、彼は勝手に値段と意味を与えていた。売り物じゃないものを商品に見立てて、勝手に自分は客、とでも言いたいみたいだった。

いっつもそうだ、いつも私は品定めされる側で、サービスを提供する側で、値切られる側で、クレームを入れられる側で――。だからこそ伊藤君は私にこういうことを言うのだ。押し売りしてきたのは私のほうだと。

「……」

私はただ生きてるだけなのに、勝手に読み違えられて、こんなに怖い思いをさせられている。それに気づいた瞬間、今度こそ腹から声が出た。

「ぉお前にやるものなんてない‼ 誰があんたに何かやるって言った⁉ いつからあんたが私の客になったっていうんだよ！ なんにもあげる気ないのに勝手にかっさらいやがって！ 返せ、返せよ‼ バカ！ っクソ！」

小学生以下の暴言を吐きながら、さっきナイフにあれだけビビったのを一瞬忘れて、私は伊藤君のほうに怒った顔を向けて一歩近づく。怒った顔ができてるのかすら自信はない。でも私の音量調節が壊れたような大きな声に、驚いたように身体を跳ねさせた伊藤君は、私が踏み出した一歩に慌てたように叫んだ。

「おい、お前って誰のこと言ってんだよゴミ女！ てか勝手に近づくんじゃねえよ！ この……ッ」

伊藤君はこっちにナイフを向けてから、キョロキョロとあたりを見回した。伊藤君のすぐ近くに、逃げそびれた、というよりも野次馬根性でスマホを向け続けた大学生くらいの男の子がいて、伊藤君は彼に一瞬目を留める。けど、その男の子からはフイと目線を逸らして、その場から離れようとしていたおばあちゃん二人組に目をつけた。腰の曲がった小さいおばあちゃんが、車椅子に乗ったおばあちゃんを押している。

「お前が好きに動いたらこのババアが怪我するぞ！　どれもこれも全部お前のせいだ！　お前がオレにこうさせたんだろ！　クソ女の分際でオレを惑わせたんだ！　全部お前のせいだ！」

伊藤君はそう言いながら、車椅子を押していたほうのおばあちゃんを突き飛ばし、車椅子に乗ったおばあちゃんを後ろから抱え込むようにナイフを突きつけた。

「な……！」

「今どう見ても、デカい学生っぽいの見てからおばあちゃん狙ったよな……ダッセ」

カザマさんがまた私の背後でいらんこと言っていた。思わず振り返って叫ぶ。

「誰狙ってもダサいっていうか最悪ですよ！　ていうか今そんな挑発するようなこと言ったら……！」

もしかしたら最悪のことが起きるかもしれない。全然関係ない人が怪我なんてことになったら、彼の言うとおりだ――

「わ、私のせいだ……おばあちゃんが私のせいで怪我……！」

車椅子に乗っているおばあちゃんは、ゆーっくりとあたりを見回している。急に現れた自分の服を掴む腕を、太陽の下で鈍く光を跳ね返すナイフを『突然現れたこれは何かしら』とじっと見ているような。

どうか何が起きたか分からないでほしい。怖い目に遭わされたって気づく前に助けられないだろうか。

一方、車椅子を押していたほうのおばあちゃんは、小さく悪態つきながら身体を起こしていた。怪我はなさそうで安心する。

どうしようどうしようとパニックになっていると、カザマさんがまた言った。

「あんたのせいじゃないでしょ？　一から十まであいつのせいでしょ。それに、本当大丈夫だから」

「だから何ゴチャゴチャ言ってんだよ！　おい、ババアもモゾモゾしてんじゃねえ……ッ!?」

そこで突然、車椅子に座っていたほうのおばあちゃんは自分の身体に回された伊藤君のナイフを持った手を摑むと、ベッドで伸びをするみたいに身体を上に伸ばした。

次の瞬間、鈍い音がして伊藤君は鼻を押さえて後ろによろけた。車椅子のおばあちゃんが、伊藤君の腕を摑んで逃げられなくしてから、静かに頭突きを食らわせたのだ。そしてさっき伊藤君に突き飛ばされたほうのおばあちゃんがすかさず彼の背後に回っていて、ナイフを持った手を的確に叩いて取り落とさせた。カランと音を立ててナイフが地面を叩く。何が起きたか分かってない様子の伊藤君の脇をすり抜けて、気づくとおばあちゃん二人組は素早くその場から離れていた。

「今の何……？」

あまりの早業に目を瞬かせていると、隣で軽い笑い声が響く。

「言ったじゃん、ここ引退殺し屋が多いんだってば」

あいつ馬鹿だね〜、みたいな口ぶりで、どこか面白がるようにカザマさんは言った。

訊き返す前に、さっきまでヒソヒソ話しながらこちらを見ていたおばあちゃんたちが、カバンの中を漁《あさ》り出した。飴《あめ》でも出してきそうな動きで、黒い何かを一斉に取り出す。

「待てよコラァ！　おいブス!!」

おばあちゃんたちが何をするのか見届ける前に、伊藤君がキレた声を上げて近寄ってくる。

「行くよ！　ここから離脱する。あとはＯＧの人たちに任せるってことで！」

カザマさんが私の手をひっ掴んで走り出す。彼女は、凄く嬉しそうに笑っていた。

「よく言ったよ！　頑張った！」

「いまっ……いま褒めないで！　はしっ……脚！　回んない！」

「回ってないのは口だなあ！」

ほとんど彼女に引きずられるようにして、車を止めた所まで戻ってきた。「車に乗り込んでここから離れればもう安全」とカザマさんがつぶやいたのを掻き消すように、真後ろから怒声が飛んできた。

「おい、燃やせえええ!!」

追いかけてきた伊藤君が、舞台俳優みたいな圧で叫ぶ。

その瞬間、乗ろうとしていた車が奇妙な揺れ方をしたかと思えば、目の前で大きな音と爆風とともに炎が上がった。

カザマさんが握ってくれていた手が解《ほど》けて、私は思い切りコンクリートに叩きつけられる。

引退殺し屋が多い街とはいえ、さすがにその場に居た全員ではなかったようだ。観光客らしき人々から悲鳴が上がる。

私は咳き込みながらなんとかヨロヨロと身体を持ち上げた。

そう言えば、伊藤君が雇った殺し屋は、話し合いのときに姿を見せなかった。どうやらその間に、車に爆弾を仕掛けていたようだ。

「これダメなんじゃないの！　セーフゾーンなんじゃないの？」

「んーー、ギリギリ公道はセーフゾーンに入ってないから」

「殺し屋のくせに細かいなあ！」

「殺し屋こそ細かくなくちゃいけないんですよ！」

軽口みたいなのを叩き合うけど、よく考えるとかなりピンチかもしれない。どこかに隠れている伊藤君が雇った殺し屋と、キレ散らかしてる伊藤君、その二人に囲まれている状態だ。しかも、私たちのダッシュに、巣鴨の殺し屋ＯＧの方々はたぶん間に合っていないから、援護の望みも薄そうだ。暗殺の技術は体力を永遠に補強してくれるわけではない。

「ど、どうしよ……」

「守りながらヤるって、けっこう難しいんだよなあ……」

伊藤君はナイフを掴んだままこっちに突っ込んでくる。強張った顔とムチャクチャな勢いは、ゲーム実況動画で観た物理演算でクニャクニャになった人間の不気味さを思い出させる。そして彼は、凄く速かった。爆発で怪我をした私たちにあっという間に迫る。

刺される、このままじゃ——そう思った瞬間だった。

「多々良さん⁉」

整備不良かってくらいキュルキュルと凄い音を響かせた軽自動車が、私と伊藤君の間に勢い良く滑り込んできた。名前を呼ばれて驚いた私の目の前に居たのは、会社で私を目の敵《かたき》にしていると思っていた、ひっ詰め髪で眼鏡の笹川さんだった。今は髪をおろしてて一瞬誰だか分からなかったけれど。

ボロい音のする軽自動車に乗ったビビった顔した笹川さんが、運転席から助手席に身を乗り出してドアを開けたまま、焦った様子で手を伸ばしてこちらを見ている。

最初に声を上げたのはカザマさんだった。

「あんた、のぞみさんの知り合い？」

「そうだけど？　あなたも早く！　これテロなんじゃないの？　逃げないと！」

「のぞみさん連れて逃げて」

私は笹川さんの手に掴まりながら、驚いて振り返る。

「え？　カザマさんも一緒に行きましょうよ！　ねっ、笹川さん大丈夫だよね？　後ろ乗れるよね？」

そこで、彼女のほうを見てふと気づいた。

「ていうかカザマさん！　服が……」

「あー……うん、大丈夫」

本人はそう言うけど、仕事のための〝好きな服〟のはずの黒いシャツは、肩口が大きく破けていた。さっきの爆発で転げたときに破けてしまったのかもしれない。

会ったばかりの車の中で、少し得意げに好きな服だと話していた彼女の横顔が浮かんで、後ろから私を殺そうとする人が追ってきてるのも半分忘れて胸がキュッと締め付けられる。

「でもそれ……高いんですよね？　好きなブランドの服なのに……」

すると、オロオロする私とおんなじ顔をしていた笹川さんが、ふとカザマさんに目を留めた。正確には、カザマさんの破けたシャツのほうに。

「あっ……あの！　そのシャツ送ってください！」

「え……」

笹川さんの発言の意味が取れなくて、私は少し戸惑った顔を浮かべる。

「イベントとか来れるなら、そこで渡してもらってもいいです。全然直せるので！」

カザマさんが、観察するようにじっと笹川さんを見つめる。

「あなた……うん、ありがとう。また行くから！」

その二人のやり取りに、私だけがついていけない。遠くから男の人の叫び声が聞こえて、私は身体をビクッと跳ねさせた。

「なになに⁉　ねえ早く、何でもいいからカザマさん車乗ってよ！」

「いいって。早く行って！　あいつ倒してボーナス貰おうってだけだから！　さっさと出て！　大丈夫、今日は死なないから。私もあんたも！」

誘爆が始まったのか、また大きな爆発音が遠くから聞こえてくる。

爆発か何かに邪魔されたのか、伊藤君の「どこ行きやがった！」と私たちを捜す怒声が遠くから聞こえた。

私が助手席に這い上がった瞬間、笹川さんはまたキュルキュルと音を立てて、軽自動車がバラバラになっちゃうんじゃないかと心配になるくらいの勢いでアクセルを踏んでその場から飛び出した。

私は一生懸命後ろを振り向く。遠くでカザマさんと伊藤君と思《おぼ》しき人影が向き合っているのが見える。それがだんだんと遠ざかり、煙の向こうに見えなくなった。

6

茫然としながら、私は車に乗せられている。

「……笹川さん、なんであそこに居たんですか？」

私はまるで当てつけのように、あの場から逃がしてくれた笹川さんにつぶやいていた。

止めたいのに、棘《とげ》のあるような声になるのを止められない。

「実家が王子のあたりなんですよ。それで、その帰りで……」

「都内に実家があるって、勝ち組ですね」

ああ、違う。こんなこと言いたいわけじゃないのに。謝らなきゃ。そう思うのに上手く口が回らない。

そんな私に、笹川さんは気づいてくれてるみたいだった。

「何があったんですか?」

私たちと逆方向に向かって、消防車と救急車が走っていく。そのサイレンの音を聞きながら、私は気がつくと全部話してしまっていた。会社のおじさんたちのことも、それに追従《ついしょう》すると決めた自分も、マッチングアプリも、カザマさんのことも、急にキレた伊藤君のことも。喋っているうちに理由の分からない涙が出てきて、グズグズになりながら話し切った。「えーそれはさ」「いやでもさ」「っていうか」みたいな、相手の言葉を間違っていると決めつけるような言葉に口を挟まれず、誰かに話を聞いてもらったのが久しぶりだった。むしろ、初めてだったかもしれない。私の言葉はいつだって軽かった。女にも男にも、私の言葉はいつも遮られて間違ったものとして、取るに足りないものとして切り捨てられてきた。一人の人間として私のことを見てくれたのは、意味分かんない殺し屋と、〝おばさん〟だけだった。なんて酷いこと思ってたんだろ。今なら分かる。

「それは、腹立ちますね」

笹川さんは、私がきちんと喋り終わってからその一言だけをつぶやいた。

「どういう権利があって、人を下に扱っていいなんて思うんですかね」

その言葉に、少し驚いた気持ちで彼女に向かって囁く。

「笹川さん、私のこと嫌いだと思ってた」

「分かんないです。好きか嫌いかは……。でも、あの状況を見かけちゃったら、手を伸ばす他なかったです」

素直だなあ、と思う。でも私に対して、素直でいいんだと思ってもらえたことが嬉しかった。同僚なんて、いくらでも取り繕える関係だというのに、いくらでも嘘つけるのに、彼女は素直だ。

「それに多々良さんは平気なんだと思ってました。おじさんたちとああいう話をするの」

キュルキュル音を立てて車が道を曲がっていく。

「そんなことなかったのに、勝手にそう思って、嫌な目を向けてたのに気づいたから、謝りたかった」

「必要ないです。こっちこそいろいろ謝らせて……」

心の中でおばさんとか呼んでたことも、制服なんて着せられて可哀想だと思ってても、ただ思うだけだったことも。嫌だと思っても頭の中で思っているだけなら、笹川さんのことを制服の記号でしか認識しないで、いつまでたっても〝派遣さん〟と呼ぶおじさんたちと、何も違わない。

何かを言って押し潰されるのも、何も言わずに自分の形を無理やり周りに合わせて変えようとするのも、どっちも苦しかった。どっちがマシだったのかも分からない。

でも両方に対して言えるのは、もっと、怒ったり喚いたりしたらよかったということだ。誰かの前でも、私自身の前でも。

少しずつ心が落ち着いてきて、私は車の中を見回す余裕が出てきた。オフの笹川さんは当たり前だけど制服は着ておらず、なんだかカザマさんのと似た黒っぽいシャツを着ていた。

「私、服作ってるんです」

「服……？」

私の目線に気づいたのか、笹川さんがつぶやいた。

「一人で作ってるだけの、本当に趣味みたいなものなんですが……」

後ろのもそうなんです、と言う彼女のつぶやきに後部座席を振り返ると、軽自動車の狭いシートの上に大きなロールの布が何本も転がっていた。

「いつか、こっちを本業にできたらいいなって思ってはいます」

「そうなんですね……」

笹川さんが話してくれたのは、私が勝手に何もかもを曝《さら》け出したことに対する静かなお返しのように思えた。私が勝手に話しただけなのに、彼女は受け止めて、それから少しだけ私に向かって心を開いてくれたのだ。

「本業とか夢の夢だと思ってたんですけど……カザマさん、でしたっけ？　さっきの方」

「え？」

「街で初めて見ました。自分の作った服着てくれてる人」

私は笹川さんの淡い笑顔をそのときに初めて見た。会社でいつも見るピリピリした、人を寄せ付けない顔じゃない。

私がおじさんたちに迎合することで生きようとしているのだとしたら、彼女はきっと、壁を作ることで生きようとしていたのだ。彼女もまた私と同じように、他人に何度も境界線を勝手に踏み越えられてきたんじゃないかと、そのときに思ったのだった。

笹川さんのおんぼろ軽自動車は丁寧な運転でもガタガタいって、カザマさんの運転とは全然違った。

会社では、殺されるのと同じくらい理不尽な目に遭っていたとは言わない。でも、伊藤君の理屈は最悪だけど、おじさんたちの理屈とどれくらい違いがあるんだろう。どっちも人を軽《かろ》んじてるってことには変わりない気がした。

ヘラヘラしないと押し潰されるけど、ヘラヘラしてると軽んじられる。

「ムカつくな」

気づくと口から零れていた言葉を、笹川さんは静かに拾ってくれる。

「そうですね。ムカつく」

そんな風に、低く囁いてくれた。

7

伊藤君は、会社のパソコンで殺し屋に依頼してたらしい。そのせいであっという間にウイルスが会社のネットワークに入り込んで、いろんなデータが吹き飛んで、そのゴタゴタの中で私は結局会社を辞めた。会社もそのあとすぐになくなってしまったと聞く。私がしがみつこうとしていたものは呆気《あっけ》なくて、ずいぶん小さいものだった。伊藤君はその後行方不明とのことだけど、見つからないということはつまり、また彼が突然目の前に現れて、あの理不尽な執着や殺意を向けられるかもしれないということだ。

しかし、怯えてもおかしくない状況なのに、今の私は不思議と怖くはなかった。それは、たった数時間一緒だっただけのカザマさんのことを信じられるから、だ。彼女が任せろって言ってくれたなら、きっと大丈夫だ。

そして私より先に笹川さんも仕事を辞めていた。〝べらんだ菜園〟をやっていくために。とにかく会社を自分から捨ててやったという気持ちになりたいがためだけに、特に何も考えず勢いで仕事を辞めた私と違って、彼女はちゃんと前から準備していたのを早めただけだ。

いつも私は、その場にあるもの、そのときぶつけられた何かを必死になって打ち返すだけだった。それは目の前の、自分以外に振り回されることに全力になってただけだ。

笹川さんには自分のやりたいことがあって、しかもそれが誰かの心を支える勝負服にもなる。そんな軸を持っている笹川さんが、私には眩しく思えた。

『笹川さんは偉いです。やりたいことがあるんだから』

軽自動車から降ろしてもらったときにチャットアプリのＩＤを交換していた。その後そのアプリで笹川さんの今後の話を訊いたとき、思わず私はこんな一文を送っていた。笹川さんは『やりたいことから引いたり逃げたりできないのも難儀なものです』と硬い文面で返してきたけれど、そうは思わなかった。私は考えたことすらなかったのだ。そもそも自分が欲しい物が何なのかも分かっていなかった。

彼女とはその後もたまにやり取りはするけど、ずっと傍に居るわけでもない。でもきっと味方になってくれる人が居るのは、不思議と心地好い感覚だった。

もう一度マッチングアプリを始めて絵文字を並べたら、またカザマさんに会えるのかもしれない。そうも思ったけれど、同じ電話番号ではもうアカウントが作れなくなっていた。これはカザマさんの優しさだと思えた。もう近づいてくるなっていう、彼女の優しさだ。

あの日のこと、それからあの日までのこと、それは全て私の身の上で起きたけれど、全て私は蚊帳《かや》の外だった。人が暴れているのをただ眺めていただけだ。

私の目の前には今は誰も居ない。何も売ってない私に対して勝手に客になろうとする人たちも、優しさや哀れみでもなく当たり前の顔で、雑に手助けしてくれた、変わったブランドの服が好きな殺し屋も居ない。

でも、一人きりになってから、ようやく私は自分の欲望の形を理解できるようになった。私は、面倒くさい女になりたかった。扱いにくくて厄介で、煙たがられるような女になりたかった。そしてそう扱われることの覚悟を、自分で持ちたい。

カザマさんは、自分の力で〝すっきり〟を手に入れたと言っていた。だから私も自分から手を伸ばさなくちゃと思った。正しさだとか正解だとか、そういうことよりも、自分の気持ちがどうしたいか、ただそれにシンプルに生きようと思った。

だから私は、今度はきちんと〝道具〟を持って池袋駅東口、地下通路入口付近に立っていた。

黒い影が近づいてくる。今なら声を掛けられる前に、こちらに近づいてくる気配は分かるようになっていた。少しは訓練の成果はあったらしい。

私は先に振り返って、笑ってみせる。

「プリン、食べます？　この前は結果的に奢《おご》ってもらっちゃったから、今度は私が奢りますよ」

サイボーグになりたいパパゲーノ

東旺伶旺

1

この世に生まれ変わりがあるのなら、私は、サイボーグになりたい。

ピコン、と軽い電子音が鳴った。

人事課の上司である江藤《えとう》さんに呼ばれて、私は「はい」と返事をする。リモートワークなのでいちいち声を出して返事する必要はない。だが、私はノートパソコンの液晶画面に向かって、「やはりダメでしたか。すみません」と先に謝った。

実家の二階にパラサイトして早十年――この子ども部屋は、今となっては私の仕事場でもある。

もう一度、ピコン、という軽い電子音が鳴って、江藤さんのメッセージがチャット画面に表示された。

『佐々木《ささき》さんにお願いした不採用理由のメールの文面、確認しました。丁寧で良いけど、回りくどいね。小説じゃないんだから、もっと簡潔にまとめていいです。クレームにならない程度に、理由もそれっぽかったら本当のこと書かなくていいから。事実を伝えるのが、相手のためになるわけじゃないからね。あと、メールの文面作るだけで三十分も掛かっているから、もっと効率良く仕事を回せるよう改善してくれたら嬉しいです』

均一に並んだゴシック体の文字を目で追って、私は「はい」と声に出して返事をしてから、チャット画面に『申し訳ありません。承知しました』と入力した。

下書き保存していたメールの文面を、一文字目から全部デリートする。三十分掛けて作った中途採用の応募者へ向けた不採用通知の文面が、五秒でこの世から消え去る。私は舌で前歯の裏を舐めてから、「あ、リテーナー……」とつぶやき、自室を出てキッチンへ向かった。


十一時十五分。リビングのデジタル時計を見てから、私は時間を逆算する。矯正したあとの歯並びが後戻りしないよう、私は毎日リテーナーという器具を上下の歯に装着している。一日だいたい八時間くらい装着しておかないと、翌日にはもうリテーナーが入らなくなってしまうくらい、日々歯は動いてしまう。人類の神秘。要らない神秘。サイボーグならば、キーボードのキーキャップをカスタマイズするみたいに、大きさも色も、形でさえも自由自在だっただろうに。

「七時くらいまで頑張ったらいけるか……」

それでだいたい八時間弱くらい。

逆算を終えて、入れ歯用の洗浄剤でリテーナーを消毒していると、洗濯物を干し終えた母が、サンルームからキッチンへとやってきた。

「はー、あっつい。あれ、洗浄しよんの？」

私の愛用のマグカップの中で、人工的な青色の液体がブクブクしているのを見て、母が額の汗を拭《ぬぐ》いながら言う。買ったばかりのTシャツがもうきつそうだ。

「そんな毎日殺菌せんでもええんちゃうの？」

母はそう言って、キッチンに充満する洗浄剤のなんとも言えない臭いに、立派な鷲鼻《わしばな》の付け根をクシャリと歪《ゆが》ませる。彼女はこの臭いが苦手なのだ。

「いや、洗浄は毎日せんと。入れ歯と同じで、日常的に汚れは付くんやから」

「でもあんたの口に入れるもんやろ。少々汚くてもええやん」

「嫌やって。口の中で雑菌が増えたら気持ち悪いし」

「口の中なんてもともと雑菌塗《まみ》れやん」

「これ以上増やすのが嫌なんやって。矯正のために何本も歯抜いてるんやから、残っとる歯は大事にせんと」

母は冷蔵庫から二リットルペットボトルに入ったアイスコーヒーを取り出して透明なグラスに注ぎ、「ふーん」と言いながら一気に飲み干した。

世代のせいか、母の口の中は銀歯や差し歯が多い。虫歯の多さは遺伝するのか、子どもの私も治療済みの歯が何本もある。それが、歯並びの悪さとダブルコンボで長年の私のコンプレックスだった。

「ほんで、それいつまで続くわけ？」

母の質問の意図がすぐに摑めず、私は首を傾《かし》げる。

「何が？」

「リテーナーよ。もう十年以上着けてるやん」

私はマグカップを見下ろして、舌で前歯の裏をギュッと押した。

「ずっとよ。死ぬまでずっと。歯は一生動き続けるけん……」

「ずっとなんて。あんた、病院も遠いのに」

「でも、仕方ないやん。電車で二時間掛かっても、定期検診に通わんと。だって、こんなに毎日頑張ってリテーナー着けとんのに、歯並びがまた……」

私は上下の歯をカチリと嚙み合わせて、母に見せた。

「ほんまや。ちょっと出っ歯に戻っとるね」

私の歯並びを見た母が、神妙な顔付きで言う。

「やけん。着け続けんと。リテーナーサボったら、もっと出っ歯に戻るけん。オープンバイトがもっと酷《ひど》くなったら、これまでの努力が全部水の泡になるやん。それは一番無理。これだけ痛い思いしてきたのに」

「なんでやろうなぁ。父ちゃんも母ちゃんも出っ歯やないのに」

「やけんって、歯並びが綺麗なわけやないやろ？」

「そうかもやけどぉ」

私は無意識に舌先で前歯の裏を押していたのをやめ、上顎《うわあご》にベッタリと舌を押しつけた。これが正しい舌のポジションらしい。最近見た健康番組で初めて知った。普通の人はこのポジションにいつも舌が納まっているそうだけど、私の舌はまったくそんな場所にはない。いや、意識すれば置くことができるのだが、例えばコーヒーの香ばしい匂いにホッとしたその瞬間、もう舌は迷子になっている。舌癖なんて、私の歴代の主治医は誰も教えてくれなかった。

幼少期に床矯正《しょうきょうせい》を始めて、上顎骨前方牽引装置《じょうがくこつぜんぽうけんいんそうち》（プロトラクター）を着けて寝る小学生時代。大学生になってからは顎変形症《がくへんけいしょう》と診断されて顎を切る全身麻酔の手術をして……。その後は歯にブラケットを着けて歯並びを整えるのに二年。そこからリテーナーを着けて歯並びを維持する生活を続けて十五年。現在三十八歳で、人生のほとんどを歯のことに悩み続けて生きてきた。

「でも、歯で悩んどる人は多いよお？　母ちゃんやって全部まっさらの歯にしたいもん」

母が銀歯を煌《きら》めかせながら言った。

「それはみんなそう」

「あんたの歯も別に悪くないやん」

「オープンバイトやで？　八〇二〇運動ってあるやんか。あれって、八十歳で二十本歯が残っとる人の中に、オープンバイトの人は一人もおらんらしいよ」

上下の奥歯しか嚙み合わず、前歯が嚙み合わない状態のことを『オープンバイト』と呼ぶ。歯並びにはいろいろなタイプが存在するが、その中でも治療が最も困難な症例と言われ、日本人だと数パーセントしかいないのがこのオープンバイトだ。その数パーセントに私は選ばれてしまった。

「可哀想に」

母が水道でグラスを洗いながらボソッと言った。そんなに深い意味はないただの独り言。『へえ』とか『ふーん』みたいな相槌《あいづち》みたいなものだったに違いない。

でも、日常の中のその何気ない言葉が、突如、私の心臓にグサリと突き刺さった。

「可哀想？」

私の言葉はあまりに小さく、水の勢いに負けて母には届いていないようだった。

可哀想って、何？　他人と比較して、私の人生ってやっぱり可哀想なの？

喉元まで出かかった言葉を呑み込んで、私は口元に笑みを浮かべる。夕飯の買い出しに行ってくるという母を玄関まで見送って、再びキッチンへと戻った。

洗浄剤はとっくに役目を終えて、マグカップの中でしんと静まり返っている。青い水面を見ながら、私は頰《ほほ》を手の平で擦《こす》った。

「嫌やなぁ、また痛くなるの……」

毎日八時間も装着しているのに、リテーナーを着けると歯全体がキュッと締め付けられるような感覚に毎度襲われる。なにせ、一日は二十四時間ある。残りの十六時間で、綺麗に整ったはずの歯並びは、また元のカオスに戻ろうと動いているのだ。

「うう、やっぱりきついぃ……」

洗浄液を水道水でゆすいでから、歯に装着する。まるで合わないマウスピースを着けているかのように、左の奥歯のあたりの針金が若干浮いている。リテーナーを着けているほうが歯に悪いんじゃないかと思えてくる。が、リテーナー以外に私の歯を救ってくれる存在を知らない。

我慢して、マグカップと手を洗ってからデジタル時計を確認した。

「また、お祈りメールの文面作らんと……。嫌やなぁ」

毎日毎日、嫌なことばっかり。

ＩＴ企業の人事課で中途採用の担当になってからというもの、いわゆる『お祈りメール』と呼ばれる不採用通達をいくつも作成しては、左クリック一つで送ってきた。仕事だから割り切ればよいのだが、この後味の悪さをなんとかしたくて、毎回メールの文面が小説みたいになってしまう。

「サイボーグやったら、痛みの処理とか、マルチタスクの処理とか、速いんやろなぁ……」

愚痴を零《こぼ》しながら、二階の自室に戻るために階段を上る。雨上がりの土臭い風を感じて足を止めた。埃《ほこり》の付いたカーテン。カメムシが止まった網戸。小さな窓の外の景色をぼんやりと眺める。流れる雲と青い空。山と民家と電信柱。朝か昼かも分からない景色の中で、発作的にある感情が湧き上がってきた。

「しにた……」

言いかけて、ハッとする。舌先でリテーナーのプラスチック部分をグイと押し上げながら、私は急いで自室へと入った。

「いかんいかん」

スマートフォンで動画アプリを開いて、内戦で苦しんでいる外国の人々や、闘病中の若者の動画をタップして、ゆっくりと深呼吸をする。自分より不幸な人を見て、ジワジワと精神が落ち着いてくるのを感じた。

「歯の矯正が失敗したごときで、何を大袈裟《おおげさ》な……」

ドクドクと音を立てているのが分かるほど鼓動が早まり、歯はズキズキと疼《うず》く。早く仕事を再開しないとと、椅子に座って腕捲《うでまく》りをする。履歴書からも人の良さが窺《うかが》える候補者へのお祈りメールを作りながら、溜息をつく。

近頃は、生きている意味がよく分からなくなっていた。

2

同窓会に呼ばれたのは、それから二ヶ月後のことだった。

小学生の頃から世話好きな美空《みそら》が、高校三年生のときのクラスメイトを何名か集めて居酒屋を予約したのだ。私は参加するつもりはなかったが、美空が「引き籠り過ぎると社会に取り残されるよ」と言ってくる。今の生き方に思うところもあったので、私は嫌々ながらも参加することに決めた。

日曜日の午後七時。美空の乾杯の挨拶とともに、賑やかな宴会は始まった。

最近よくテレビCMで見かけるタレントに似た、名前も知らない女性が、焼き鳥片手に得意げに言う。

「でさ、みんなはいま何やってんの？　ちなみにあたしは東京でネイリスト」

「え、嘘。俺も東京」

ホストのような見た目の男性が、嬉しそうに手を挙げる。

「はいはーい。私も東京です。商社にいるよー」

「え、じゃあさ、一回東京組は全員手挙げよーよ。東京の人ー？」

「はーい」

すると、部屋の中の半数が手を挙げた。

私は下座でその様子を眺めながら、氷で薄くなったウーロン茶を片手に、ぼんやりと聞き耳を立てる。

「意外といるじゃん、東京」

「うちらのクラスは特に団結力ピカイチだったからねー」

「なら、来月東京にいる人たちだけで飲み会しない？」

「あ、するするー！」

ケラケラと笑って、次々にグラスが空いてゆく。みんな、いつの間にか標準語を喋っていて、テレビの中でしか見たことがないようなお洒落なファッションを身に纏《まと》っていた。

そんなみんなを見て、私はびっくりしていた。いつもリモートワークばかりで、買い物も母親に任せっきりだ。同学年の人たちの普段の服装も喋り方も知らなかったから、しまむらで買い揃えた服を着てきたのが急に恥ずかしく思えてくる。

矯正したての頃みたいな新鮮な痛みが、ジワジワと心に蘇ってきた。これは、なんの痛みだろうか。自分への失望？　いや……

自問自答しながら、畳の上を歩くチャタテムシを眺めていた私の隣に、突如橋田《はしだ》君が現れた。

「よ、佐々木ちゃん」

隣に誰も座れないように、あえて座布団の上にハンドバッグを置いていたのに、それを足でどかして、モデルのような長い手脚を器用に折り畳んで、座布団の上で胡座《あぐら》をかいた。

「元気してる？」

軽い口調で尋ねられ、私はウーロン茶の入ったグラスをテーブルに置いた。

「あ、元気です。……橋田君も元気そうで」

「俺？　俺はね、うん、メチャメチャ元気よ。てかさ、飲んでないじゃん佐々木ちゃん。それ、ウーロン茶でしょ？」

「あ、私、お酒飲めないから……」

「え、嘘。そういう可愛い子ぶりっことかするんだ。意外」

目を丸くする橋田君に、私のほうがもっと驚いた。

「可愛い子ぶりっことかじゃなくて、パッチテストとかでも反応出るくらいだから……」

「パッチテスト？」

「あの……大学とかでやりませんでしたか？　その、お酒飲める体質かどうか確かめるやつ。生協とかで、一年生のときに集められて……」

「あー、まあいいや。でさ、うちの子が矯正したいって言っててさ」

私の説明を軽く流して橋田君が言う。

矯正――その言葉に、私は愛想笑いのまま顔が固まった。

「佐々木ちゃん、矯正してたんでしょ？　大学のときにしてたらしいって、琢郎《たくろう》から聞いてさ。あれってお金どんくらい掛かんの？　すげー痛いんでしょ。てかさ、イーッてしてみて、イーッて。キレイな歯並び見せてよ」

口を『い』の形にして迫ってくる橋田君に、私は顎を引いて仰《の》け反《ぞ》った。

そこへ、バニラの香水の匂いとともに、明比結菜《あけひゆいな》さんが颯爽《さっそう》とやってくる。お手洗いから戻ってきたようだった。彼女は私をチラリと見たあと、「あんた、やめなよ」と、橋田君の頭を叩いた。

「弱い者イジメは禁止だよ」

「なんだよ、明比結菜。俺がせっかく佐々木ちゃん口説《くど》いてんのに」

「なーにが口説いてるよ。困ってんじゃゃん。可哀想だからやめたげな。土建屋のヤンキーが絡み酒すんなって」

「まだビール三杯しか飲んでないし。てか、明比結菜も歯ヤバッ。矯正したら？」

「あ？　ふざけんなよ、てめー」

ギャアギャアと騒ぎ始めた二人を見ながら、なぜ彼女を『明比結菜』とフルネームで認知していたのかをようやく思い出した。カースト最上位の橋田君が、事あるごとに『明比結菜！』と呼んでいたからだ。

「で、歯並び見せてくれないの？」

惚れ惚れするほどルックスの良い橋田君がニコッと笑うと、部屋中の女性たちが一瞬息を潜《ひそ》める。野生動物が獲物を狙うような雰囲気は、あの頃からちっとも変わっていない。私のような地味で気弱な人間をターゲットにして弄《もてあそ》ぶのも、あの頃からちっとも……

私は上下の歯をカチリと嚙み合わせて、イーッと唇を開いた。

「あ、綺麗。芸能人みたい」

そう言ったのは明比さんだった。

「え、そう？　なんか、出っ歯じゃない？」

そう言って眉を顰《ひそ》めたのは橋田君だ。

明比さんがバシッと橋田君の背中を叩く。

「やめろよ」「いいから、もうやめな」「何がだよ」と二人が言い合うのを聞きながら、私はゆっくりと唇で歯を隠した。

テーブルに置いていたウーロン茶をゴクゴクと喉を鳴らして飲み干す。氷でキンキンに冷えたウーロン茶が歯に沁みる。知覚過敏で、出っ歯で、オープンバイトで、毎日痛みに耐えながらまったく報われることがない私の歯。とほほ。

「あの、私、このあと仕事があって。早めに帰ります」

私はそう言うと、橋田君の足に蹴り飛ばされていたハンドバッグを拾って席を立つ。座布団の上で正座をしていたせいで、両脚の感覚がない。上座のほうに幹事の美空の姿が見えたが、子持ちのクラスメイト同士で話が盛り上がっているようだったので、声を掛けずに部屋を出た。誰も、私が退出したことなど気にも留めていないようだった。

外に出ると、ピュウと秋風が吹いた。

ほんの少し前まで夏だったのに、九月も終わる。もう一ヶ月もしないうちに、私は三十九歳になる。また一つ歳を重ねてしまう。大好きだった秋の季節が、老けていくごとに大嫌いになっていく。

「寒いなぁ……」

毎日ループする、何も変わらない日々。家族も、寝起きする部屋も、仕事も。私の人生はまるで死人の心電図のよう。そんな毎日から別次元に切り離されたみたいに、この歯だけがどんどんと変わっていってしまう。カオスから完璧へ。完璧から完璧じゃないほうへ。人体は、残酷。バカやろう。

気づけば涙が出ていた。風が吹くたびに頬が冷たい。私は駐車場の端に停めていた車に乗り込もうとして、立ち尽くした。

「そんなに、出っ歯だったんや……」

真っ黒な窓ガラスに映った白い歯。夜の闇の中でだって、合成写真みたいに異様な存在感を放っている。

「佐々木さん！」

そこで、凛とした声に呼ばれて、私はハッと顔を上げた。

駐車場に、ハイヒールの音が小気味好く響き渡る。イーッと唇を開いたままの私の顔を見て、明比さんが走る脚を止めた。ゆっくりと私に近付きながら、バツが悪そうに謝ってきた。

「ごめん。さっきの橋田の態度、最悪だったよね」

「……」

「気にしないで。あいつ、自営業じゃん。仕事が上手くいってないからイラついてんの。子どもの矯正の話とか、本当に訊きたいわけじゃないから」

「……わざわざ、それを言いにきてくださったんですか？」

「え？」

「ありがとうございます。気を遣っていただいて」

私は泣き顔を見られないように素早く頭を下げる。視線の先に、九〇年代に流行《はや》ったようなヒョウ柄の厚底ブーツがあった。

「あのさ。こっち見てよ、佐々木さん」

その声に、私は明比さんの目を見ないようにして顔を上げた。

「本当はさ、羨《うらや》ましかったんだよね。佐々木さんのこと」

「え？」

見ないようにしていたのに、私は彼女の目を見てしまった。

「やっとこっち見た」

緑色のアイシャドウをクシャッと小さくして、赤いリップの唇でニヤッと笑う。特別美人ではなかったけれど、彼女はあの頃クラスの中で一番人気があった。三十八歳になった今、メイクもファッションも飛び抜けて派手でちょっとギョッとするけれど、それが人柄によく似合っている。

「死ぬの。あたし。でも、矯正したいの」

ポーンと低い音が鳴って、空気がじっとりと重たくなる。この町では、夜九時を迎えると「ポーン」と妙なサイレンが町内放送される。子どもの頃から、これが死ぬほど嫌いだった。

だけど、そういう『死ぬ』とはまったく異なる、生々しい『死』という言葉の響きが、白い歯と真っ赤な舌から再度繰り出された。

「死んじゃうんだって。胃癌《いがん》」

「胃癌……」

「ステージ4。よく分かんないんだけど、一ヶ月もたないんだって。転移してるからって。それで、医者が酒もジュースも飲むなって言うの。ヤバくない？」

「そんな……」

ポーンと、またサイレンが響き渡る。

明比さんは、コクッと頷《うなず》いて続けた。

「あたしまだ三十八だよ。子どもも産んでないし、結婚すらしてない。着たい洋服いっぱいあるし、これから整形だって矯正だってしたい。東京ガールズコレクションでトップバッターを歩きたいの。夢もある。推しのタツヒデと一緒に仕事がしたい。元アイドルで役者の龍沢秀彦《たつざわひでひこ》。彼のステージ衣装を作ってみたいんだ」

真っ暗な駐車場で、古びた街頭の淡い光を受けながら、明比さんが淡々と語る。

こういうとき、なんて言えばいいのだろうか。私は出っ歯のせいで口を半開きにしながら、カピカピの唇を震わせて、とりあえず思いついたことを口にした。

「私たちの世代だと……タツヒデだよね」

すると彼女は、パアッと表情を明るくして「うん！」と頷いた。

「タツヒデの大ファンなの、あたし。舞台も全部行ってて。あの人凄いよね、マジでプロなの。妥協しないの。この歳でこういうこと言うと、バカにする人もいるんだけどさ」

「わ、私は、兄貴分だった青井《あおい》さんのファンです」

「マジ？　あたし青井さんも大好きだよ。ソロ曲知ってる？　バラードが上手いのよ、あの人は」

「うん。私もバラードが好き……」

「なんだ。敬語使わないで話してくれるんじゃん。佐々木さん、そっか、青井さんファンね」

そう言って無邪気に笑う明比さんはまるで高校生のようで、私はしまむらのニットセーターとジーンズ姿で猫背で立ちながら驚いていた。

明比さんは何度も私の口元を見ている。橋田君の品定めするような視線とは全然違う。すると突然私の歯を見て、「あのさ」と口角を上げた。

「一ヶ月で矯正してくれる病院、知らない？」

本気で歯科矯正を考えているのか。彼女の意図を感じ取って、私はゾワリとした。余命宣告を考えれば、矯正する意味なんてほとんどない気がする。矯正なんて、できればしないほうがいい。

けれど、それは私の考えであって、それを世間話の延長みたいに伝えて、不用意に相手を傷つけるような真似もしたくなかった。

「……一ヶ月だと、ほんの少ししか良くならないかもしれないけど。病院、近くで一緒に探そうか？」

「佐々木さんが行ってるとこは？　ダメなの？」

私が提案すると、彼女はきょとんとした顔をして尋ねてきた。

その顔があまりに純粋無垢《むく》で、私は心の中の最後の警戒の錠《じょう》が外れたのを感じた。

「ダメじゃないけど……私が通院しているとこは大学病院で、ここからは電車で二時間掛かるから……。矯正するなら、病院は近場のほうが良いと思う。針金がほっぺに刺さったりするから、すぐに処置してもらえるほうが安心だよ。ヤブ医者もいたりするし」

私は急にペラペラと饒舌《じょうぜつ》になる。なんだ、まるでお節介おばさんみたいに。

さっきまで泣いていたくせに、得意げに話す自分に羞恥《しゅうち》を覚えていると、彼女は感心したように「へえ！」と言った。

「そうなんだー。ヤバいね。やっぱり経験者に訊いて良かった」

明比さんは両手を頭の後ろで組んで、茶髪の巻き毛を揺らして八重歯を見せて笑う。

「ママとパパに相談してもさ、命のほうが大事なんだから歯並びなんてどうでもいいだろうって言って。まあ、こんな状況だし。分かるよ。正論も、親の願いも。分かるんだけどさ。あたしは、未来に死ぬことより、好きかどうか、やりたいかどうかを大事にしたいわけ。三十八歳にもなってさ、なんで今さら病気になったくらいでイイ子ちゃんにならなくちゃいけないわけ？　でしょ？　あたしは絶対に『病気のおかげで』とか良い話作るつもりないの。あたしは夢を諦めない。だって、あたしが諦めたら、あたしが可哀想じゃん」

諦めたら、あたしが可哀想――その言葉が、ストンと胸の奥にまで入ってきた。母の口から『可哀想』という言葉を聞いたときは、とてもショックを受けたのに。グラスの上と底がひっくり返ったような、私の世界に存在しなかった視点を目の前に差し出されたような……

「強いね、凄く、強いと思う。私は、とても……」

「佐々木さんって、矯正したこと後悔してんの？」

問われて、ギクリとした。図星だったのでそのままを答えた。

「矯正って、リテーナーっていう器具を一生着けないと維持できないの」

「リテーナー？」

「そう……歯を綺麗に並び終えたあとに使う保定装置」

「それって、苦しいの？」

「ちょっとだけ……」

「えー。それは、萎《な》えだね。佐々木さん、それを毎日頑張ってんだ。凄いね」

慰めでもなく、上っ面だけの共感というわけでもなく、余命宣告を受けた彼女が言うからこそ、私は彼女の『凄いね』を素直に聞き入れられた。きっと私は悪い人間だ。だが、どうしようもない安心感を否定できなかった。

「それ以外に歯並びを維持する方法がなくて。これってその人の歯の動きやすさとか体質もあるみたいで。現代医学でも解明できないことなら、仕方ないって諦めもある。でも、後戻りすることもあるし、余計に悪くなることもあるから、あの辛《つら》い治療の期間は何だったんだろう、意味なかったのかな、とか。治療を選んだことに意味はあったかもしれないけど、戦いは一生続くのかって思ったら……」

「そっかあ、きっついねーそれ」

彼女は眉をハの字に下げてそう言って、私の太い腕を華奢《きやしゃ》な指でツンと刺した。

「でも、意味はあったんじゃないの。だって、困ってるあたしをいま助けてくれてるじゃん。神様はね、意味ないことは与えないんだって。遠回りして、気づかせてくるんだってよ。『パパゲーノの杖《つえ》』に書いてあった」

「パパゲーノの杖……？」

「魔法のノート。ウケるよね。杖なのに、ノート。今度持ってくるわ！」

叢生《そうせい》のアンバランスな口を大きく開けて、カラッと笑う。

その顔が綺麗だったから、彼女と話していたのはせいぜい十分にも満たない時間だったのに、私の心臓はＳＦ映画を観たときみたいにドキドキしていた。

スマホで時刻を確認した彼女が、「それじゃあ」と言って、私にバイバイと手を振る。巻き毛を跳ねさせて、元気良く店へと戻ってゆく背中が思い出したかのように振り向いた。

「あ、来週火曜の十八時、駅前のクリニック前で集合ねー！」

大声で私に向かって叫ぶ。

私は小さく頷いてから車に乗り込んだ。エンジンを掛けて、スマホでカレンダーアプリを起動させる。暗闇の中で、ブルーライトが月光のようにじんわりと光る。

私の歯科矯正の始まりは、親知らずも含めて合計四本の健康な歯の抜歯からスタートしている。きっと、本来ならそれだけで一ヶ月は掛かるだろう。

「一ヶ月……」

短い。あまりに短すぎる。その期間の中で、どれだけ彼女の満足のいく治療が進められるのだろうか。帰り道、赤信号のたびに舌で前歯の裏をなぞっては、彼女の命のことを考えていた。


帰宅後、胃癌のことと、歯科矯正治療のあらゆるノウハウについて、私は夜通し調べ倒した。やはり人間はサイボーグのほうが効率が良いのにと思いながら、気づけば朝になっていた。

本棚の傍で、星占いの本や転職の雑誌がゴチャゴチャになっていたが、気にせずにキッチンへ向かった。

「おはよう」

寝坊したらしい母に挨拶をして、リテーナーを洗浄剤で消毒する。

「早いなぁ。もう洗浄してるん？　いつも十時頃やのに」

朝八時を示すデジタル時計を見ながら欠伸《あくび》する母に、私は頷く。

「うん。ちょっと早めに着けてみようと思って」

「ほうかぁ。頑張っとるなぁ」

「うん」

「出っ歯、良くなるとええなぁ」

「うん」

普通でよかったのに。歯並びだって、顎の形だって。普通でよかった。特別綺麗じゃなくても、治療の必要がないくらい、普通でよかったのに。私、これからも一生歯のことで悩んで生きていくのかな。他の子はみんな、結婚とか仕事とか恋のことで悩んでいるのに、私はずっと自分の歯のことばかり考えて生きていくのかな……

何度もこういうことを考えて、過去や、遺伝子を呪ったりもした。永遠にループし続ける痛みがきっとお婆さんになっても続いていくんだと思った。だが、今朝はいつもより暗いことを考える時間が少ない。明比さんと話したからというのは自分でも分かっていた。

「来週の火曜、ちょっと友達の病院に付き添ってくるけん」

私は朝食の食パンを食べてから急いで歯磨きをし、リテーナーを装着してからリビングにいる母に言った。

テレビでワイドショーを観ていた母は驚いた顔で、「友達?」とソファから立ち上がる。

「うん、友達。高校の同級生。明比結菜さんって子」

私は簡潔な情報を早口で言う。

母はポカンとしながら、目をパチパチとさせていた。

「ああ、茶髪の。凄いケバいあの子?」

「そう。矯正したいんやって。病院一緒に見てくるけん」

「あんたが一緒に付いてくの？　全然接点ないやん」

「うん。同窓会で会って、そういう約束になっとった」

まるで他人事《ひとごと》みたいに言いながら、私は強引に会話を終了させた。

二階の自室へ入ってから、ノートパソコンを起動させる。会社のチャットアプリで『おはようございます。本日もよろしくお願いいたします』と入力してから、上司の江藤さんから頼まれる様々な雑務をこなしていく。

昼が来たらリテーナーをいったん外して、冷凍チャーハンをチンして食べて、自分の服を洗濯して、シャワーを済ませ、歯磨きをして、再びリテーナーを着け、また仕事を再開する。夜は、なるべく夜更かししないようにしつつ、胃癌の治療法と審美歯科治療について調べる時間に充《あ》てた。

あっという間に週は変わり、火曜はすぐに迫ってきた。

3

「歯茎に釘打つとか、マジでヤバいじゃんね」

明比さんが、アイスコーヒーをチュウチュウと啜《すす》りながら言う。左手には、ブラケットを着けた歯でにっこりと笑う外国の少女の写真が載ったパンフレットと、タツヒデが待ち受け画面のスマホ。

十九時過ぎ。クリニックでの説明が予想よりもずいぶんと早く終わったので、私たちは道路を挟んで向いにあるコンビニでお菓子と飲み物を買って、駐車場で赤い夕焼け空を見ていた。

「怖くなった？」

ウーロン茶を飲みながら私が問うと、明比さんは「ううん」と答える。その顔は、思ったより晴れやかだ。

「生きててさ、歯茎に釘刺すこととかある？　人類で数パーセントじゃない？」

彼女は遊園地に遊びに来ているようなテンションで、ちょっとハイになりながら言った。ストローを口に咥《くわ》えながら、うんうんと大袈裟に頷いて続ける。

「いいじゃん、矯正。面白そう。やっぱやりたいわ、あたし。チャレンジしたい」

「面白そう……？」

私は、彼女が左手に持っているパンフレットを見ているだけでも歯がジンジンと痛くなってきそうで、眉をギュッと寄せる。

その顔がよほど醜《みにく》かったのか、ミラーボールみたいなミニスカートを穿《は》いた明比さんが、「こういうの好きだよ、あたし」と破顔《はがん》した。

「自分の意思でやろうと決めた人しか体験できない怖さとかは大歓迎なわけ。だって、勇者じゃん」

「勇者？」

「うん。あたしさー、公務員なんて向いてないね、やっぱり。じゃ、決まり。決定です。矯正やる！　親にも言っとくわ」

明比さんはパンフレットを右脇に挟むと、左手でスマホを素早く操作し始めた。

「決断力が凄《すさ》まじいね」

「でしょ？　よく言われる。今は死期が近いからなおさらだね」

私がびっくりしていると、彼女はそう言って得意げに笑う。

嫌味ったらしさも悲壮さも感じない、きっぱりとした彼女の物言いに、私は震えた。

冷たい風が吹いて、薄っすらと白い月が夕焼けに浮かび始める。明比さんは小指をスッと立てた。

「じゃあ、約束ね」

「約束？」

「そう。あたしは今日行ったクリニックで矯正をスタートする。でも、痛くてヤバすぎたらメールしていい？　アドバイス聞かせてよ。そんで、あたしの不安を取り除いて」

続けて「小指を出して」と言われて、私は右手の小指を彼女の小指に絡める。夕焼けで真っ赤に染まった顔で、夏の日の晴れた青空みたいな表情で笑って、彼女は「ありがとう」と言った。

私は、出っ歯を気遣いながらおずおずと口を開く。

「不安を取り除くって言っても、矯正は不安しかないと思うけど、頑張ろう……」

私がモゴモゴと言うと、「じゃあ、練習しよ」と彼女が言った。

「練習？」

「私が不安に感じてそーなこと、言い当ててみて」

言われて、私は『矯正の失敗』と答えようとした。まさに、私が良い例である。口を開けようとすると、ニチャと口の中で粘っこい音が鳴る。また舌の位置が迷子になっていた。

私が一生懸命に舌の位置を探していると、彼女が先に「釘は？」と尋ねてきた。

「釘のことを教えてよ」

「釘……あの、あれは釘じゃなくて、アンカースクリューっていうやつです」

「アンカー、何？」

「小さな医療用ネジ。歯茎に埋め込むのは、釘じゃなくてアンカースクリュー。凄く小さいからあんまり痛くないの。痛いのは、ブラケット装着前に奥歯の隙間を作るゴムとかのほう。お米も食べられないから」

「アンカースクリューか。へえ。佐々木さんってさ、そういう専門用語も全部覚えてんの？　高校んときもさ、先生に当てられた問題全部答えてたよね」

「矯正してる子は、みんなアンカースクリューとか、ブラケットとか、覚えちゃうと思う」

「そっか。じゃあとりま、メアド交換しよ。他にも怖いことを教えてよ。佐々木さんがいれば、全部乗り越えられそうだからさ」

『tatsuhide』のローマ字が入ったメールアドレスを教えてもらいながら、私はそこへ空メールを送った。「ありがとう」と言う明比さんに、「どういたしまして」と返す。

暗く寂しそうな赤い空が一瞬明るくなる。太陽の光の角度のせいか、私たちの真上の空に、オレンジとピンクの光がフワリと染み込んでゆく。

「うっわあ。空がコーラルピンクに染まってる。可愛いー。フラミンゴじゃん」

黄昏時《たそがれどき》の空をそんな風にお洒落に表現する人は初めてで、私は隣に立つ明比さんをまじまじと見た。

「何ー？」

「……どうして、私だったんですか？」

遠くから、金木犀《きんもくせい》の匂いが漂ってくる。同窓会から一週間。もう、季節はすっかり秋だ。異常気象のせいでいつまでも夏が続いているような気がするけれど、こういうふとしたときにはっきりと夏の終わりが近付いているのを感じる。

「あは」と猫のような愛嬌のある顔が笑った。

「どうして佐々木さんだったかって？　それはさ、これを読んだら分かるかもね」

明比さんはそう言って、高級ブランドのハンドバッグからB５サイズのノートを取り出す。百円ショップなどで売っていそうなチープなチェック柄の薄いノートだった。

「これ、一冊五百円するノートなの」

「え？」

これが？　驚く私に、彼女は悪戯《いたずら》っ子のような表情を浮かべて続けた。

「ちなみに、あたしの使ってるハンドバッグは手作り。服はリサイクルショップで買った古着をリメイクしたやつ。髪の毛もネイルも全部自分でやってる。あたし、クリエーターだから」

「そう……なんですか」

「てか、なんでまた敬語に戻ってんの？」

茶化すような口調でありながら、彼女の心の傷のようなものを感じ取って、私は「ごめん」と謝った。

「どういう意味のごめん？」

「凄く安いノートだと思ったから。あと、ブランドバッグだと思った」

「あのね。ノートは文具を趣味で手作りしてる人の作品だから見た目より高いの。でも、書いたら分かるよ。紙の手触りとか、捲《めく》ったときの軽さとか、メチャメチャ気持ちいいの。ノートって、結局使い心地じゃん。あたしは五百円の価値があると思うけど。でも、世の中の大半の人がそうは思わないから、全然売れてないの。そういう心地好さに価値はないって思われてる。だけどさ、本当のことって、見た目だけじゃ分かんないじゃん……。まあ、そういうのも全部、『パパゲーノの杖』を読んだら分かるから。あのさ、自宅の場所も教えとく。今度テキトーにインターホン押して、中入ってよ。佐々木さんは顔パスで入れるようにしとくから」

コンビニのゴミ箱に、空《から》になったプラスチック容器とストローを捨てて、明比さんはスマホを触りながらそう言った。

「顔パス？」

戸惑う私に、彼女がパンフレットで顔を扇《あお》ぎながら頷く。

「そ。卒業写真をね、毎日見てんの」

「卒業写真？」

「佐々木さん、全然変わってないね」

あは、と明比さんが笑う。

三十八歳にもなって、自立できていないおばさんに見えているのかな……

勝手にショックを受けていると、彼女は何もかも見通した目をして私の顔を下から覗き込んだ。

「あたしのパパとママ、今は仕事休んでてさ。ずっと家に居るから。インターホンのカメラで佐々木さんの顔見えたら、すぐ玄関開けてくれるよ。佐々木さん、我が家では有名人だから」

「有名人って、なんで……」

「まあ、理由は、それも『パパゲーノの杖』を読んだら分かるから」

そこで、ププッとクラクションが鳴って、一台のキャンピングカーがコンビニの駐車場に入ってきた。大きな白い車のボディには、タツヒデのステッカーがデカデカと貼ってある。運転席から、ジョン・レノン風の男性が顔を出して、こちらに向いて会釈した。どうやら彼女が迎えを呼んだらしい。

「意外でしょ？　あれがあたしのパパ。ピアニスト。ちなみにママの名前はヨーコなのよ」

ジョークのセンスについていけずに、私は「はあ」としか頷けない。出っ歯を剥《む》き出しにして、間抜けな顔を晒《さら》していただろうに、彼女は「羨ましい歯」と言って次の約束を取り付けてきた。

「次の土日に家に来て。あたし、緩和治療を選んだから。家で暇だから一緒に遊んでよ。『パパゲーノの杖』についても話したいし」

次に会うまで、一週間。余命どおりなら、彼女の命はあと二週間もない。余命なんてきっと当てにならない。彼女は長生きする気がする。それでも、笑う彼女の頬は以前よりも確実に痩《こ》けていた。

私は、彼女が乗り込んだ白いキャンピングカーにバイバイと手を振る。夕焼けが、いつもより眩《まぶ》しかった。

4

「こんにちは」

それから、一週間はあっという間に過ぎた。仕事が急に忙しくなり、少しまいってしまう。正直、ここ数日の記憶はあまりない。昨日の夕飯も思い出せない。

そんなことをぼんやり考えていると、オードリー・ヘップバーンのような綺麗なお母さんが、玄関で立ち尽くす私にスリッパを差し出してくれた。

「よく来てくださいました。ありがとうね」

二階建ての洋風な家は、モデルハウスのように大きくて綺麗だった。有名なうさぎのキャラクターでも出てきそうな植物の数と、色とりどりのインテリア。

「フラワーアートの講師をしてるの。家の中がジャングルみたいでしょ？」

「こんなに綺麗なお家は初めて見ました……」

「うふふ。リビングに結菜ちゃん居るから。どうぞ入って。ぶどう食べるでしょ？　冷蔵庫で冷やしてたの持っていくから。今日のために奮発して買ってきたのよ」

嬉しそうに笑って、私の二の腕をそっと撫でてきた。その笑顔に悲壮さは感じられず、私は内心ホッとしながら部屋の中へと入る。

そこで、ドサッと重たい物が落ちる音がして、私は足を止めた。

「あら、結菜ちゃん！」

私を追い越して、明比さんの母親がフローリングを走った。痩《や》せ細った娘の手を握る。

「佐々木さんが来てくれたわよ。とらやのクッキー、持ってきてくれたんですって。結菜ちゃん好きでしょ、キャラメル味。ホロッとして食べやすいもんね」

クルリと短い黒髪が振り返る。

「佐々木さん、こっちへ来て顔を見せてあげて」

そう促され、私はおずおずとスリッパで床を擦《こす》った。一歩、また一歩と介護用ベッドに近付く。シューシューと空気が循環する音が妙にはっきり聞こえていた。

「明比、さん」

私が呼びかけると、眠っているのか起きているのか分からない表情で、「ああー」と答えてくれた。

彼女の母親が『顔を寄せて』と視線で伝えてくれるので、私は点滴の傍に膝を折って、フローリングの床に正座した。

「あ、明比さん」

「ああ……」

彼女の声は小さく弱々しかった。横寝で縮こまっている姿勢が息苦しそうで、思わず細い肩に手を伸ばす。

その私の手を、赤いマニキュアを塗った指が止めた。

「この子ね、佐々木さんに鞄をプレゼントしたいって。手造りしてたんだけど、急に倒れちゃって。もう、全然起き上がれないの。昨日の夜まではなんとかおしゃべりもできてたんだけど……」

「もう……立てないんですか？」

「ええ。骨盤にも転移してて、そこの骨が溶けちゃってるのよ」

想像して、反射的に目を瞑《つぶ》る。それ以上は考えるのが怖くなった。彼女の母親に手を握られながら、私はゆっくりと目を開く。

それを待っていたかのように、優しい声が私に話しかけてきた。

「でもね、私たちの声は聞こえてるから。この子いま、凄く嬉しそうに笑ってるわ」

それから、彼女の母親は床に落ちた造りかけの革のハンドバッグを私に渡してくれた。

「こういうの、苦手じゃなかったら、貰ってくれたら嬉しいわ」

「あの……」

「少しだけ、少しだけでいいから、お喋りしてやって。なんでもいいの。結菜ちゃん、矯正がしたいって言ってたけど。結局、ブラケットすら着けられなかったから、悔しがってると思うなぁ。ねえ、結菜ちゃん、話したいことがいっぱいあるんだよね？」

娘の手を擦《さす》って語りかける姿が、だんだんとぼやけていく。

「どうして……」

問いかけても、答えは返ってこない。私は忙しさにかまけていたことを後悔した。なぜ、もっと頻繁にメールをしておかなかったのだろう。仕事が忙しくても、どうしてもっと早く家を訪れていなかったのだろう。そうしたら、彼女ともっと……

「お母さん、ちょっと」

カタッと椅子がフローリングと擦れる音がして、私は驚いて振り返った。ダイニングテーブルに座っていた男の人に気づかなかったのだ。

一目で医療従事者だと分かる服装をしていて、何かの紙を明比さんの母親に見せている。説明しながら、「持って三日くらい」と言った。

「三日……」

絶句する母親に、壮年の男性ははっきりとした口調で続けた。

「後悔が残らないように、たくさん話しかけてあげてください。最期までしっかり思い出を作って。ちょっと本人起こしますね」

彼はベッドにスッと近づいて、浅い呼吸を繰り返す彼女に話しかける。

「結菜さん、あと三日くらい、頑張れるかいね？」

シューシューと空気が循環する音がリビングを満たしてゆく。たくさんの観葉植物が、彼女を守るように取り囲んでいる。

すると、明比さんの薄い瞼《まぶた》がソロリと開いた。

「……な……る」

喋った。彼女は、まだ生きている。何かを、伝えようとしている。

私は息を押し殺して、白い薄皮が捲れた唇をジッと凝視した。

「な……ぎる……」

「何っ？」

もっと優しく問えばいいだろうに、やけに大きな声で医療従事者の男性が訊き返す。後から聞いた話によると、この男性は訪問医だったらしい。

「なが……い……なが……すぎる……」

皺々《しわしわ》の目元から、涙が零れ落ちる。お婆さんみたいに乾燥した顔で、何かを鬱陶《うっとう》しがるみたいに苦悶《くもん》して、彼女は辛そうに泣いていた。

「長すぎるなんてないよ！　結菜ちゃん、もっと生きてようよ！　お母さん、もっと結菜ちゃんと一緒に居たいよぉ！」

母親がベッドの柵にしがみついて、必死に娘を励ます。「頑張ろう」と何度も励ます。しばらくすると、彼女の父親が買い物から帰ってきて、母親と並んで娘を励まし始めた。私はその様子を黙って見続けた。一時間経っても、日が暮れても、見続けた。もうなんにもできなかった。

明比さんは、医者の宣告どおりに、それからちょうど三日後に天国へと旅立った。その日は、雨だった。

5

『人生がいつ始まるかと問われれば、始発駅の名は「絶望」である。』

『パパゲーノの杖』と呼ばれるノートの一ページ目に書かれていたのは、この一文だった。

5月5日
誕生日に入院の延期が決まった。絶望とともに、日記も始めてみた。
午後、会社の後輩が見舞いに来てくれた。
娘さんが産まれたらしいが、口唇口蓋裂《こうしんこうがいれつ》というものだったらしい。
後輩の写メを見せてもらうと、凄く可愛かった。
この子の人生が健《すこ》やかであるように願う。
頑張れ。俺も頑張るよ。

5月12日
隣のベッドの荒木《あらき》さん、ダメだったのか。
昼から、全然知らない人が寝ていてびっくりした。
待合室にある本を読む。
すべての出来事には必ず意味があり、縁は邂逅《かいこう》を繰り返すらしい。
邂逅、難しい言葉だ。辞書を引いた。つくづく難しい言葉だ。
俺の場合は、どうなんだろう。
意味が分かるまで、生きていられるのか。
ずいぶんと遠回りして分かるのも、嫌なものだ。

6月20日
検査結果があまり良くなかった。
急に不安になる。
最近、小さなメモ帳を作るだけでも手が動きづらい。
ああ。頑張ろう。
明日はやってくる。

7月1日
いっきにたいちょうがわるくなった。
だけど、ふんばりたい。
ねむれないといいしゃに言うと、カウンセラーをしょうかいしてくれた。
パパゲーノこうか、ということばをはじめて知る。
おもしろい、と思った。
おれは、ぶんぼうぐ作りパパゲーノ。
ものをつくることがだいすき。
あすも生きる。

7月15日
僕は、先輩の後輩です。
ノートを託されたので、今日は僕が書きます。
誰か、もし、いま辛くて泣きたくて苦しい思いをしているなら、
大丈夫だよ、と言いたい。
今、僕自身に、言いたい。
大丈夫。
僕の娘はとある個性を持って産まれてきました。
これから、他の子よりも困難なことが少し多い人生になるかもしれない。
だけど、きっと大丈夫。
他人と比較せずに、なんて親として無責任なことは言わない。
自分自身であれるように、彼女をサポートしていきたい。
十年後にこのノートを必要とする人がいたら、繋ぎたいと思います。
僕は父親パパゲーノ。

10月31日
私は学校でイジメられています。
顔が変だからって、たくさん嫌なことを言われた。

悲しくて、学校に行けなくなって、
少し前に転校しました。
そこの子たちは、メイクをしていました。
私の顔にもメイクしてくれました。
まつげが長くなって、キラキラもつけてくれました。
前はすごく辛かったけど、今はメイクが楽しいです。
だから、明日も学校頑張ります。私は、小学生パパゲーノです。

4月3日
五十五歳。主婦。
公民館でこのノートを借りました。
破れているところは、過去の誰かが破ってしまったのかな。
ミーちゃん、あなたがいなくなって一年が経ちました。
あの日、うっかり網戸を開けてしまってごめんなさい。
ママが悪かったね。
今、どこにいるのかな。
お腹を空かせていないかな。
ずっと　ずっと　これからも捜し続けます。

このノートを読んでくださる方へ。
隣のページに写真を貼りましたので、
見つけた方はぜひご連絡ください。お願いします。
主婦パパゲーノ。ミーちゃんのママ。

5月5日
このノートを作った人が亡くなって、ちょうど十二年目らしい。
僕の前の方、ミーちゃんは見つかりましたか?
僕は、来月から兵役です。
韓国人です。
兵役が終わったら、日本のどこかにいる母を見つける旅をスタートします。
みなさん、どうか、頑張りましょう。エンジニアパパゲーノ。佳き日を。

11月27日
高校教師です。
縁があってこのノートのバトンを受け取りました。
毎日毎日、受験勉強で生徒たちは極限状態です。
私もまた、心が疲弊しきっています。

ミーちゃんは、無事にお家に帰れたのかな。
韓国の青年は、いま何をしているでしょう。
教師として教壇に立つたびに、もうここから逃げ出したいと思ってしまいます。
きっと多くの人が今そう思って、苦しんでいるかもしれない。
大丈夫。
きっと大丈夫。
私も自分にそう言い聞かせます。
このノートを書いてきた全ての人へ敬意を表して。ありがとう。
私は、高校教師・二児の母パパゲーノ。

3月12日
娘が旅立ちました。
部屋を整理していたら、このノートが出てきました。
生前、真面目にコツコツとやる子だったので、
部屋にはほとんど物が残っていませんでした。
もっと早くこのノートに気づけていればよかった。
後悔しても、しきれません。
ノートの表紙に、必要とする方へ繋げてほしい、とメモがありました。

娘が書いた最期の言葉を、親として責任を持ってまっとういたします。
みなさん。生きてください。どうか、生きてください。
今が辛くても。苦しくても。
きっといつか光が見えてきます。その日まで。
高校教師・二児の母パパゲーノ、の母より。

9月18日
病院の待合室で、知らないお婆さんからノートを受け取りました。
凄く丁寧な作りのノートでびっくり。
途中のページが破られてるけど、その気持ちが分かるな。
あたしも入院のしおり、破り捨てたい。
胃癌って、なんなのそれって感じ。
一ヶ月しかないって、意味分かんないじゃん。
こんなことでさ、あたしの夢を邪魔できると思ってるわけ？
あたしは、やるよ。佐々木さんにも会いに行く。
だけど、もし間に合わなかったら。
佐々木さんへ。
高校の最後、ハブられてたあたしに『一緒に体操しよう』って声掛けてくれた。

体育のときのペア決め、マジで辛かったから、
凄く救われたよ。ありがとう。
そっから、あたしの人生は良い方向に変わっていったから、
あたしなら、また乗り越えられるって信じてる。
ここに書くこと、全部やります。
歯の矯正。目をパッチリさせて、お尻を小さくする。ダイエット。
お菓子作り。自分で作った洋服とバッグでランウェイを歩く。
タツヒデの衣装を作る。
佐々木さんと友達になる。ユニバで一緒に遊ぶ。以上。
あたしは夢見るクリエーターパパゲーノ。ぜってー病気を治す。かかって来いよ。

12月25日
誕生日おめでとう。
今、ユニバにいます。あなたに作ってもらった鞄を持って。
あれから何年が過ぎたのか分からないですが、本当に人生は長い。
長すぎるので、抜け道を探して誰しも生きているのだな、と最近思います。
抜け道、見つけづらいです。
ノートを読み直してつくづく思うのは、病気も痛みも絶望もない人生のほうが良いとい

うことです。
絶望があったから幸せがある、とは言いたくありません。
だってどれだけ美談にしようとしても、絶望はやはり私にとって絶望です。
だから、無理に立ち直ることはしないことに決めました。少し、楽になりました。
去年から、歯科医を目指すため大学に入り直しました。
自分より不幸な人を見て安心する私も、
あれほど後悔して自暴自棄になったのにここにいる私も、
根拠もなく未来に期待してしまう私も、
今もリテーナーが手放せない私も、
すべて、とほほと思う日々ですが、人間の弱さもいつか愛せたらいいなと思います。
このノートを最初に作ってくださった方、どうもありがとう。
時折すべてを背負うには重すぎて倒れそうなとき、差し伸べてくれる手はなくとも、
杖があると踏ん張れるから……私はこのノートに出会えて良かった。
これからも、この世界で頑張る人たちの見えない杖となりますように。
私は、サイボーグになりたいパパゲーノ。またいつか、どこかで。

放浪する顔面

佐加島テトラ

1

私、山田《やまだ》ナオミは悩んでいた。

日本宇宙開発機構（ＪＡＳＡ）から有人外宇宙探査船への搭乗オファーが来たのは一ヶ月前のことだった。オファーのメールを開いた時は、太陽系外へ人間を送り込む人類史上初のプロジェクトに招集されるなんて、すげーな私、と思ったものだ。だが、このオファーは最悪のクソ仕事だとすぐに気づく。

メールのタイトルだけを見て有頂天になっていた私は、実はメールの本文をまともに読んでいなかった。だが、メールの細部までをチェックしてプロジェクトの詳細を理解した私はその内容に驚愕する。なんと、プロジェクトの予定期間は三十年。しかも乗員は一名のみの一人旅らしい。おいおいおいおい。乗員一名ってどういうことよ？　そんなプロジェクトあるか？　普通に考えて孤独死するだろ。だがメールには、『人間と同等の知能を持つＡＩが同乗するので孤独の問題は軽減されるでしょう。』なんて書いてある。アホなのか？　絶対アホでしょう。『じゃあ、お前が乗れよ』と言いたいところだが、このミッションは一流の宇宙飛行士じゃなければ遂行不能な高難易度のものであることは間違いないわけで、そして自分はそれを遂行しうる数少ない宇宙飛行士の一人だという自覚はある。

とはいえ三十年の一人旅かよ。辛《つら》いだろうなぁ。だって地球に戻ってきたときには、私六十二歳になるんだよ。さすがにそれは嫌だよ。断りたい。確かに私は他の人に比べて孤独に強い人間だとは思う。てか、私の日常はボッチがデフォルトなわけで、孤独な宇宙船内の生活は今の日常とさほど変わらないのかもしれない。でもさぁ、今の孤独な状態を自ら三十年間も固定するのは、自殺の軽量版みたいなもんでしょう。それはまずいよ、まずすぎる。まさか、私がボッチであることが業界内に知れ渡ってるから、こんなオファーがきたんじゃあるまいな。

「イケメンのパートナーとの二人旅だったら速攻で快諾したのにね」

そうつぶやきながら、私は鏡に映る自分の顔を見た。自分で言うのもなんだが、相変わらずブサイクな顔だ。別に『私は自分の顔が嫌いだ』などという、ありがちなセリフを言うつもりはない。確かに私は美人じゃないが、自分では味わい深い顔だと思っている。つまり、私個人の感性としては、私は私の顔を嫌いではない。むしろ好きだ。だがそんな自己評価とは裏腹に、私の人生において、この容姿が高く評価されたことはない。異性からだろうが、同性からだろうが、一度たりとも私の容姿が好意的に評価されたことはなかった。

私が宇宙飛行士になった理由は、この容姿とも関係する。要するに、私の容姿をバカにした奴らを見返してやろうと思ったわけだ。

中学生になった頃には『私が恋愛に対して努力をしても、その努力は実を結ばない』ということを私はちゃんと理解していた。ゆえに私は努力のベクトルを他に向けた。勉強を頑張り、そしてスポーツも頑張った。文武両道を地で行く女になった、ＩＱが高く運動神経も抜群の女。ただし容姿は少々残念な女。

そんな私にぴったりの職業が宇宙飛行士だった。高い知能と運動神経が求められるが、美人であることは求められない仕事。なにせデカいヘルメットと宇宙服が顔も身体のラインも隠してしまうわけで、これほど私向きの職業はない。気がついたら私の夢は『宇宙飛行士になること』の一択になっていた。

更に一つ付け加えさせて欲しい。日本人からはモテないのに外国人にはやたらモテる女性、という存在を聞いたことはないだろうか。私はある。テレビだかネットだか、何で知ったのかは忘れたが、それを知って以降、そのアイデアは私の心の拠り所となった。宇宙飛行士なる職業はその点からしても最適だろうと思ったのだ。イケメン・ハイスペの外国人に囲まれて、地球から離れた狭い宇宙ステーションの中で、数ヶ月間にわたって同棲《どうせい》するわけだから、明らかに日本で引き籠った生活を送るよりも、パートナーをゲットできる可能性は高いだろう。

その期待を胸に様々な努力を続けた結果、私は晴れて宇宙飛行士になることができた。高い倍率の選考を突破して、スペースコロニーでの滞在や月面探査のプロジェクトのメンバーの座を勝ち取った。宇宙では数々のミッションを完璧にこなして、人類共通の財産となる多くの知見を得ることができた。宇宙飛行士としての仕事は充実しており、世界最高レベルの宇宙飛行士として認められつつあった。生きた偉人、それが私、山田ナオミだ。

ちなみに、私は今年で三十二歳になるが、未だに異性と付き合った経験はない。ずばり処女だ。残念ながらスペースコロニーで同棲した外国人クルーたちからも私の容姿は評価されなかったわけだ。

だが、それがどうした。私は生きた偉人だぞ。すでに私を主人公にした伝記系学習漫画の制作企画が立ち上がっているという噂も聞く。最近はネタ切れのせいか、さほど有名でない人物でも伝記漫画のモデルになれるようだが、ラインナップにはエジソンや野口英世《のぐちひでよ》といったワールドクラスの偉人もいるわけで、そこに並ぶとなれば、客観的に見て私は世代を代表する偉人の一人と言えるだろう。しかもあの手の漫画は、実物よりも美形なイラストで主人公を描く。だから後世には非の打ち所のない魅力的な人物として私の存在が伝えられるに違いない。

私の人生が他人に羨《うらや》まれるほどに充実したものであることは確実であり、ゆえに私の自己肯定感が揺らぐことは、もはやありえない。私はそう確信していた。

だが、それを揺るがす事件が、とある小学校の講演会に呼ばれたときに起こってしまった。

『みんなも一生懸命勉強して努力すれば、絶対に宇宙飛行士になれるよ！』そんなポジティブな講演で小学生たちを魅了するはずだったのに、会場から漏れ聞こえてきた男子小学生の発言が私の自己肯定感を粉砕《ふんさい》した。

『宇宙飛行士って、もっと格好良いと思ったのに、ブスのオバさんじゃん』

子どもは素直だ。その素直な子どもがそう言うということは、皆が皆、心の中では似たようなことを思っているに違いない。大人たちは常識や良心が防波堤となるがゆえに、みだりに他人をディスることはないが、結局は万人が私をブスのオバさんだと思っているのだ。そう考えると、私は怖くて人前に出られなくなってしまった。以来、私は日常生活の大半を自宅に引き籠って過ごしている。

そんなことを思い出していると、私は例のオファーを引き受けてもいい気がしてきた。乗員一名だけの外宇宙探査。三十年間の一人旅。もはや地球に未練はない。

「宇宙空間なら、誰にも容姿のことをバカにされないしね」

そうつぶやいた私は、ＪＡＳＡの担当者に『喜んでオファーを受けます。』とメールを返信した。

2

外宇宙探査のために一人で宇宙に飛び立ってから約半年が経った。

その日も、私は鏡を覗き込みながらつぶやいた。

「相変わらずブサイクな顔だよね。ねぇ、そう思わない？」

私は宇宙航行支援ＡＩであるＳＡＩ《サイ》に話しかける。

「容姿の好みは主観に基づくものです。自我のない私には容姿の美醜《びしゅう》を判断できません」

これは私の感情に配慮しての回答なのか。それともＡＩの視点からすればこういった回答になるのか。いずれにしてもその回答は私を慰めない。

「容姿の好みが主観で決まるってのは納得できないね。だって多くの男どもは、美人を見れば鼻の下を伸ばしてチヤホヤするわけでしょ？　万人に共通する客観的な美の基準があるからこそ、みんなの意見がすり合うんじゃない。そもそも美しいってなんなのかね。なんで人は特定の容姿を美しいと感じて、特定の容姿をブサイクだと感じるんだろう？」

「美的感覚のメカニズムは明らかになっていませんが、生得的《せいとくてき》なものと文化的なものがあると考えられています」

「文化的な要因ってのは分かるけど、生得的な要因って何よ？」

「子孫を残す上で有利な資質を表出した容姿を美しいと感じる能力のことです。進化の競争過程でそのような能力を持つ人間が多数を占めるようになったことで、人間の容姿に対する好みが一定のものに収斂《しゅうれん》していったという考え方です」

「それって、男はみんな胸がデカい女の子が好き、とかそういうことでしょ？　女目線なら筋肉ムキムキの男がいいとか。その辺は理解できるんだけどさ、顔面についてはどう説明するのよ。顔面のパーツの配置が生殖の有利さに関係することはないでしょ」

「いえ。顔を構成するパーツが綺麗に左右対称であることや、平均的な配置から大きく逸《いっ》脱《だっ》していないことは、健康的な個体であることを表している可能性があります。もちろんパーツの配置だけでなく、肌のツヤ、ハリなども重要な要素になりますが」

「ちょっと待って。ってことは私の顔面は、進化の競争に勝ち抜くのに不利な顔だってこと？」

「淘汰《とうた》メカニズムの中で培われてきた人間の美的感覚から逸脱した容姿と言えるかもしれません。ただし、人間の容姿の好みは、遺伝的な要因だけでなく時代に応じて変化する文化的要因にも影響を受けますが……」

淘汰メカニズムの中で培われてきた人間の美的感覚から逸脱した容姿だと？　悪意のないＡＩの発言であるがゆえのパワーワードだ。ザワつく心を静めんがごとく、私はＳＡＩに反論した。

「人間の容姿についてはそれで説明できるけどさ。例えば美しい建築やアートなんかに対する美的評価の基準をどう考えるわけ？　現代アートなんかだと文化的な要因が強い気もするけど、古代ギリシャの建築とか彫刻を多くの人は美しいと感じるわけだよね。やっぱり進化の競争において獲得したものだけで美の基準を考えるのは無理があるんじゃない？」

「いえ、そんなことはありません。進化の過程で獲得した、シンメトリーや空間配置、滑らかな曲線といった要素を美しいとする感覚に合致した建築物やアートを人間は美しいと感じるわけです。先ほど述べたように、文化的要因から時代や地域によって美の基準は変わります。ですが、そのベースには遺伝的に獲得した美の基準があると考えられます」

「つまり、Gene《ジーン》とMeme《ミーム》の相乗効果で人の美的な基準は決まるってわけね」

「その表現は興味深いです。すなわち、ジーンは生物学的な進化の影響を、ミームは文化やアイデアの伝播《でんぱ》と変化の影響を表しているわけですね。ジーンの観点からは、人間の感覚や美に対する基本的な嗜好《しこう》は、進化の過程で形成されていると言えます。これには、先ほど述べたような生物学的な健康や生殖能力の高さを示す特徴を美しいと感じる傾向などがあります。一方で、ミームの観点からは、美の基準や価値は文化や社会によって大きく影響を受け、時代や場所によって異なるということが考えられます。これには、アート、ファッション、音楽などの文化的な要素が含まれるでしょう」

「そうそう、そんな感じ。けどさ、今の時代において、容姿と生殖の有利さの間に関係なんてある？　ほぼ無関係でしょ。経済力とか知力とか、そんな要因のほうが遥かに重要だよね。となれば、金持ってそうな容姿とか、頭が良さそうな容姿とかが新たな美の基準になってもいい気がするけど」

「長期的にはそうなるかもしれません。何百年というスパンで見れば、ですが」

なるほど。ＡＩもたまには有益な助言をくれるものだ。つまり、数百年後であれば、私が美人と認識される世界線が来ていても不思議はないと言うことだ。

私はＳＡＩとの雑談を切り上げてコントロールルームに向かった。

「外宇宙探査のルートを変えるね」

私は端末のキーボードを使って航行ルートの修正データを入力した。そして新たなルートをモニター上に表示して、ＳＡＩに示した。「このルートに変更したいんだけど、可能？」

「そのルートでは大幅に探査期間が長くなります。探査の期間は五百年を超えるでしょう」

「そうね。でも生命維持装置で冬眠すれば行けないことはない」

「この船は五百年間でも自律航行することは可能です。ですが、ルートを変更するメリットがありません。付け加えるならば、宇宙船の運航が可能だとしても、ナオミさんの生命を五百年間維持できる保証はありません。つまり、このルート変更は、メリットがないにもかかわらず人命を危険にさらすリスクだけが増加すると言えます」

「まあ、そうだよね。宇宙探査の観点からのメリットはないよね」

私はこの時代において、天才宇宙飛行士として活躍して、多くの人からの称賛を得ることができた。だが、未だ容姿に対する称賛を得た経験はない。もし、時の流れが私に欠けたピースを与えてくれる可能性があるのならば、そこに死のリスクがあるのだとしても、私は五百年後の未来に一縷《いちる》の望みを託したい。

私はキーボードからコマンドを打ち込んでルートの変更を確定させた。

「ごめんねＳＡＩ。地球には『緊急事態によりルートを変更した。地球に戻るのは約五百年後になる』とでも通信しておいて。長旅になるけど、私の生命維持をお願いね」

それだけを言い残して、私は生命維持装置がある部屋に向かう。厚いガラスのカプセルに覆われたベッドに横たわり、五百年後に起床できるようにとタイマーを設定した。そして、五百年後には私の容姿がバカにされない世界になっていると良いなと願いながら、私は永い永い眠りに就《つ》いた。

3

目を覚ますと、生命維持装置に横たわる私を多くの人が取り囲んでいた。どうやら船内の酸素は尽きなかったらしい。

「おい、本当に『眠り姫』が目を覚ましたぞ」

周りの人たちがざわつく声が聞こえる。どうやら私の聴覚は正常に動作しているようだ。だが、視覚はそうでもない。久しぶりに浴びる光の眩しさに薄目を開けることしかできず、私を取り囲む人たちの姿は、今のところはぼんやりとした単なる影だ。

私が覚醒《かくせい》した瞬間にこれだけの人が集まったということは、タイマーどおりに五百年が経過したと考えて間違いないだろう。

『眠り姫』か……。ごめんね、姫らしい容姿じゃなくて。

しかし、ここは本当に地球なのだろうか？　ひょっとしてまったく別の惑星という可能性はないか？　そんなことを一瞬考えたものの、冷静に考えれば彼らが話している言語は日本語なわけで、彼らは宇宙人ではなく我が同胞たる日本人だろう。

数分するとようやく光に目が慣れ、私は私を取り囲む人たちの顔を視認できるようになってきた。

薄ぼんやりした彼らの顔がくっきりと像を結んだ瞬間、私はうぉお、とのけぞった。彼らの顔立ちがバラバラなのだ。ごく普通の人間っぽい容姿もあれば、こいつ本当に地球人かよ？　というレベルの斬新な容姿も並ぶ。はっはーん、そうかそうか。つまりこの五百年の間に人類は宇宙人とのコンタクトに成功して、宇宙人も普通に地球上で暮らすようになったわけだ。それともあれか？　もともと地球に隠れ住んでいた宇宙人がこの五百年で堂々と姿を見せるようになったのか。五百年前に缶コーヒーのＣＭか何かでそんな話を見た記憶がある。

ここまで容姿の多様化が進んでいるなら、私の容姿が美人と評価される世界線が来ていても不思議はない。期待値は高いだろう。外国人にモテないのなら次は宇宙人だ。

生命維持装置から出された私は、シャワーらしきもので身体を洗い、どうやって着てよいのか分からない服らしき物を身に着けた。

そして先ほどまで私を取り囲んでいたであろう人たちとの会合の場に出ることになり、十五人ほどの人が集まる部屋へとおずおずと入っていく。すると、その中の一人が私に近づくなり言った。

「失われたと思われていた人類初の有人外宇宙探査船が、土星付近で発見されたのは十五年前のことです。探査船の軌道は地球帰還ルートからは若干ずれていたので、我々Ｓｐａ ｃｅＸＸ社が探査船を回収していなければ、あなたは二周目の宇宙旅行に突入していたでしょう」

ＳＡＩには軌道修正の権限を与えていなかったから、五百年の航行で多少軌道がずれるのは仕方がない。私は地球に近づいてから手動で軌道を修正すればいいと考えていたが、想定よりもずいぶん早くに太陽系に戻ってきたようだ。

それにしても危ないところだった、なにせ電車で降りる駅を寝過ごすのとはわけが違う。もし地球をやり過ごしていたら、私は彗星のように永遠に宇宙を彷徨《さまよ》うことになっていただろう。

「助けていただいて本当にありがとうございました。生きて地球に戻ってこられたなんて夢みたいです。ところで……救出の費用を請求されたりするんですかね。私は今や一文無しでして」

会場に笑いが広がる。

「お金という概念は三百年くらい前になくなりました。必要な物はすべて機械が供給してくれますから安心してください。まさか五百年前はお金と交換でないと救助をしてもらえなかったのですか？」

この人たちには信じられないだろうが、五百年前の社会では雪山で遭難しただけでも高額な救助費用が掛かった。いわんや宇宙をや。だが、今それを彼らに伝えても、『五百年前の人間はとても野蛮だった』という印象を与えるだけだろう。おそらく、それで得することは何もない。

「あははは、もちろん冗談ですよ。ところで、ひょっとしてこの五百年の間に、人類は地球外生命体とのコンタクトに成功したんですか？」

私は宇宙人っぽい容姿の人をチラリと見ながら言う。

すると、よりによって私がチラ見した外見宇宙人の紳士だか淑女だかが私の質問に答えた。

「残念ながら、未だに人類は地球外の知的生命体とは遭遇できていません。山田さんが五百年航行してきた宇宙船の自動探査ログからも、それらしい形跡を見つけることはできませんでした。我々はアレにかなり期待をしていたんですけどね」

えっ、あなた宇宙人じゃないの？　じゃあその見た目は何なのよ。

とはいえ、そんなことを直接言うわけにはいかない。なにせ私も子ども時代には『山田って宇宙人顔だよね』と言われて傷心《しょうしん》してきたのだ。お前ら宇宙人見たことあんのかよ、と心の中で叫びながら。

「そ、そうなんですね。ところで皆さんの、というか人類の容姿はとても多様化したのですね。私が生まれた時代の人間の容姿からはかなり変化したようです」

「そうなんですか？　でもあなたの容姿は現代社会においてもまったく違和感はないですよ。むしろ、五百年前の人なのにモダンでオシャレな容姿だな、と我々は話していたところです」

今度はメンバー内のリーダー格っぽい女性が答える。彼女の容姿はどことなく私と似ていた。

モダンでオシャレ……。容姿を形容するには違和感がある表現だ。スパッと『美人ですね』と言ってくれれば自信が持てるのに、そう言わないということは、この時代においても私の顔面は美人という評価にはならないということだろう。私が美人と言われるためには、さらに数百年の時が必要なのだろうか。

「山田さんはご存じないでしょうが、今の時代においては容姿は自由に変更可能なんです」

私の三つ隣の席に座る、メンバー内で最も年齢の若そうな男性が言った。自分の感覚では、彼の容姿はこの部屋の中で最も整ったものに見える。いや、それは控えめな表現だな。正直に言えばヨダレが出そうなほどのイケメンだ。

その彼の発言を揶揄《やゆ》するように、さっきの宇宙人顔の男性が囃《はや》し立てた。

「そうそう。お前みたいな歴史マニアが、現代の流行を無視したレトロなフィーチャーを選択できるのも、テクノロジーのおかげだからな」

フィーチャーって何よ？　ここまでの話の流れからすれば、〝顔立ち〟のことを指しているっぽくはある。ということはつまり、現代においては、洋服を着替えるかのごとく顔面を交換出来るようになったということなのか？　まるで、単なるファッションアイテムのように。

「この時代においては、容姿を自由に変えられる、ということですか？」

恐る恐る聞いた私のほうを向いて、室内の全員が首を縦に振った。なんの脈絡もなく、私は『赤べこ』という言葉を思い出したが、それはいま関係ない。

「そのとおりです。今では遺伝子リプログラミングという技術により、容姿も性別も気軽に変更出来るようになりました。それにしても山田さんの容姿が生まれつきの固定的なものだとは信じ難いですね。だってその手の顔が流行《はや》り始めたのはここ最近ですから。山田さんの顔は時代を五百年くらい先取りしてたんですね」

会場が笑いに包まれた。私もそれにつられて笑った。だが、その笑い顔は少しひきつっていたかもしれない。

五百年の月日が経ったことで、ついに私の容姿が高く評価される世界線が来たらしい。だが五百年前にＳＡＩと議論したような『ジーンとミームの相乗効果で美の基準が決まる』という構造はすでにないようだ。すなわち現代社会における美の基準は『ミーム』、すなわち文化的な流行のみで決まる。ということはだ。

「あとはこの流行が長く続くことを祈るだけですね。流行は移ろいやすいでしょうから」

そう言った私に向かって、皆は不思議そうな顔をする。その表情はこう語っているように見えた。

『流行が変わったなら、それに合わせて顔を変えればいいだけなのに』と。

4

私が目覚めてから一年が経過した。

この時代の生活に慣れるまでという条件で、例の旧時代基準でのイケメン青年が私の身の周りの世話をしてくれることになったのだが、生活が落ち着いてからも二人の同棲は続いている。

彼の名前は『ヒロ』といった。現代では性別の変更も珍しくないから、男女どちらでも成立するような名前が好まれるそうだ。実際、ヒロも三年に一度くらいは性別をチェンジしているらしい。

「生まれたときの性別はどっちなの？」

一度ヒロにそう質問をしたことがある。だが彼はその質問に答えなかった。

「この時代では、その質問は失礼にあたるからやめたほうがいいよ」

答える代わりに彼はそう言った。

私がもともと暮らしていた時代の区分は、今では『後近世』と呼ばれているらしい。私たちの時代における近代＋西暦二〇〇〇年くらいまでが『後近世』になり、そこから西暦二四〇〇年くらいまでが『近代』、それ以降が『現代』となっているようだ。

その歴史観から考えると、現代人にとっての私の存在は、室町〜江戸くらいの時代に暮らした人間がタイムスリップしてきたようなものだろう。

ヒロはまさにその後近世を愛する歴史マニアだった。彼は歴史好きゆえに私の世話役を買って出たのだが、この一年間、彼は世話役の立場をフル活用して毎日のように私を質問攻めにしてきた。そしてその質問攻めの日々は今でも続いている。よくそんなに訊くことがあるよねと思うのだが、説明者である私が過去話を盛りに盛っているせいで、聞いていて面白いのかもしれない。

みんなが大好きな三国志は、我々が知るストーリーと本来の歴史に相当な違いがあると聞いたことはないだろうか。おそらく、私のように面白半分で歴史を誇張しまくる人物が口伝《くでん》のリレーに挟まったせいでそうなってしまったのだろう。もはや私の歴史説明は、フィクションとノンフィクションの境界をいかに攻めるかという領域に達していた。だって、私の過去の日常生活をそのまま教えても面白くも何ともないんだもん。特に恋愛がらみの話については、中学生女子が妄想するレベルの創作にならざるを得ない。

私とヒロが暮らす住居の形態は昔で言うシェアハウスに近いもので、個室もありながら共有スペースもあるものだった。詳細な説明は省くが、複数の個室と複数の共有スペースを連結して、自由なレイアウトを作り出せる可変シェアハウスと言えば伝わるだろうか。ゆえにシェアハウスと言っても多人数で住んでいるわけではなく、私とヒロの二人だけで暮らしている。イケメンとの同棲……。永年の憧れがついに実現してしまった。今のところ恋愛らしきことは発生していないが、そんなものは時間の問題だろう。やはり、五百年の時を経て未来に来たのは間違いじゃなかった。

そんなある日、二人で共有スペースで寛《くつろ》いでいると、ヒロが一つの提案をしてきた。

「ナオミさんもフィーチャーを変えてみたらどうです？　生まれてからずっとその容姿じゃ飽きるでしょう」

容姿に飽きるって言われてもな……。私、五百年以上ずっとこの容姿なんですけど。というか、この容姿に飽きたのはおそらくお前だ。私ではない。

とはいえ、私としてもフィーチャー（容姿）の変更に興味がないわけではない。正直言えば一度試してみたいなぁとは思っていたのだ。なんとなく恥ずかしくて言い出せなかっただけで。ゆえにヒロの提言は渡りに船だった。

「私、容姿とかあんまり気にしないからなぁ。でもどんな感じの容姿を選択できるの？自分に似合うフィーチャーがあるなら試してみたいかも」

私がそう言うと、ヒロは目の色を変えた。私がフィーチャー変更に興味を示したのが意外だったようで、彼はこのチャンスを逃すまいと、まるで決算間近のセールスマンのように『フィーチャー・チェンジ』に関するプレゼンを始めた。

「フィーチャー・ライブラリに登録されている容姿にならすぐに変更することが可能ですよ。一度ライブラリを見てみましょう。一部のマニアは遺伝子編集で自分の好みのフィーチャーを自作してますけど、自作フィーチャーは安全性に問題があることも多いからお薦めしません。一般人はプロが制作した、安全性が保証されたライブラリ内から好みのフィーチャーを選ぶのが確実です」

そう言うと、ヒロは共有スペースの空間上に仮想大型モニターを配置して、フィーチャー・ライブラリのトップ画面を表示した。今月の人気フィーチャーランキングとか、ジャンル別のお薦めフィーチャーなどが並んでいる。これって、五百年前の動画配信サービスのトップ画面とほぼ同じじゃん。

私はまずトップ10を見た。案の定、そこには宇宙人顔のフィーチャーが並んでいる。これはパスだろう。次にオーソドックスというジャンルを覗く。飽きの来ないフィーチャーというのがこのジャンルの売りのようだが、私には刺さるものがない。というか私の美的基準で言うところのブサイク顔が並んでいる。とはいえ、私の顔をいずれかのジャンルに陳列するのであれば、まさにこの分野に入るのだと思う。実際、オーソドックス分野ランキングで一位になっているフィーチャーは私の顔によく似ていて、気になった私は興味本位にそのフィーチャーの詳細説明を開いてみた。するとそこには、『「眠り姫」こと山田ナオミさんの雰囲気に近いフィーチャーとして人気再燃中』などと書いてある。おいおい、私の顔が流行していたとは知らなかったよ。だが、私がこのフィーチャーを選んでも意味がない。ゆえに、このジャンルもなしだ。

その後もしばらくザッピングを繰り返したが、心惹かれるフィーチャーはなかった。だがそのとき、「ひょっとして」と思いつき、ヒロに質問した。

「ヒロのフィーチャーって、どのジャンルで見つけたの？」

「『レトロ』、ですね。ちょっと待ってください。いま表示します」

ヒロが表示してくれたページには、イケメンや美女のフィーチャーがこれでもかとばかりに並んでいた。五百年前ならば芸能事務所のウェブサイトかと思うようなラインナップだ。

「この中からも選べるの？」

「もちろん。ただ、僕のようなマニア以外には人気ないですけどね。でも、ナオミさんがこの系統のフィーチャーを選ぶのはアリじゃないですか？　後近世の人間としての雰囲気も出ますし」

そうか。ヒロは私にこんな顔をしてほしいわけだ。

そんなことを考えていると、一つのフィーチャーが目に留まった。凄《すさ》まじく綺麗な顔だ。美人でもあり、可愛くもある。私はそのフィーチャーの詳細を見た。『後近世の人々が残したデータを基にＡＩが予想した、当時好まれたと思われる容姿』と説明されている。ＡＩグッジョブ。君は実に良い仕事をしたよ。これは当時の美的感覚の完全なる理想形だ。当時の人間がそう言うんだから間違いない。

「私、これがいい！」

思わず私はそう叫び、それを聞いたヒロは小躍りしそうなほどに喜んだ。

「それじゃあ早速予約しましょう！　明日にでも処置の予約を入れちゃっていいですか

ね？　入れちゃいますよ？　はい、予約入れちゃいました〜」

こんなウキウキしたヒロを見るのは初めてだ。そして私も同じ気分だった。

その日、私は例の美人フィーチャーの画像を何度も何度も見返した。女の私が見てもドキドキするレベルの美人だ。本当に私がこんな美人になれるの？　ちょっと信じられない。しかも遺伝子リプログラミングは容姿を変えるだけではなく、同時に若返りも実現するのだという。そう言われてみれば、私が五百年前に地球を飛び立った時、遺伝子リプログラミングは若返りの実現が期待できる技術として研究されていた。

五百年の時が育《はぐく》んだテクノロジーの進化は、容姿や性別などの先天的な制約からも、老化による容姿の劣化という後天的な制約からも人間を解放したのだ。今や容姿も、性別も、年齢も、自由に選択できるファッションアイテムの一つに過ぎない。なんと素晴らしい世界が到来したのだろう。

そのときの私は無邪気にそう思っていた。

5

私が初めてフィーチャー・チェンジをしてから十年の月日が過ぎた。

ヒロとはフィーチャー・チェンジの直後から正式に交際し始めたのだが、一年ほど付き合っただけで別れてしまった。別れた理由はヒロがフィーチャー・チェンジをしたせいだ。

歴史系のフィーチャーで日常生活を過ごすのが辛くなってきたらしく、彼はなんの前触れもなく最近流行りの爬虫類《はちゅうるい》系フィーチャーに容姿を変えたのだ。彼は私には事前の相談をしてくれなかった。相談すれば反対されると分かっていたのだと思う。

ヒロには『私、爬虫類系は生理的に無理なの』と何度も訴えたのだが、彼には『生理的に無理』という感覚が理解できなかったようだ。私のゲノムには爬虫類系を嫌悪する本能が刻まれているが、彼のゲノムにはそれがない、ということなのだろう。最終的に私のほうからヒロに別れを切り出した。そして、私は、私の彼氏いない歴を五百三十三年で終わらせてくれた恋人と別れることになった。

とはいえ、ヒロと付き合っていた一年間は、私の人生において最良の時間だった。だからヒロには本当に感謝している。ヒロにしてみれば、私たちの関係は歴史趣味を共有可能なコスプレカップルぐらいの感覚だったのかもしれないが、私からすれば、五百年前であれば誰もが羨むような完璧な美男美女のカップルになれたのだから。私は、私たち二人が鏡に映る姿を見るたびに自らの姿に見惚れていた。付き合い始めたばかりの頃は、特にそうだった。

私はフィーチャー・チェンジをすることで、私の主観において最高の美と思える容姿を手に入れることができた。その容姿は私に自信を与え、思春期以来患ってきた引き籠り気質をも粉砕してくれた。外出するのが楽しくなり、ヒロという美男子を連れて街を歩く自分は恵まれた女であると錯覚もした。

だが、周囲の人たちは私たちカップルを美男美女のカップルとはみなさなかった。歴史オタクの痛いコスプレカップル。それが私たちに対する客観的な評価だった。主観的には超満足。だが客観的には惨《みじ》めな存在として同情される。このねじれた現象。

結局、ヒロとの交際中はなんとか抑え込んだそのねじれが、ヒロと別れたあとの私を迷走させることになった。

ヒロと別れたあと、私は狂ったように何人もの男と付き合った。なにせ私は世界中に注目された『眠り姫』その人なわけで、私が適切なフィーチャーを選択しさえすれば交際相手には困らなかった。

だがそこには大きな問題があった。つまり私は、この時代でモテるために必須である、流行のフィーチャーを顔面に纏《まと》うという行為に抵抗があった。さらには相手の男性たちが選択したがる爬虫類や宇宙顔のフィーチャーをグロいと思ってしまうのだ。

一つの思考実験として、江戸時代からちょんまげ姿の男性がタイムスリップしてきたと仮定してほしい。その上で、その彼と交際するか否かという問題を考えてみよう。私の主観においては、ちょんまげ姿の男性と付き合うのは恥ずかしいから、私がお付き合いするのであれば、叩けば文明開化の音がするようなざんぎり頭にはしてもらいたいと思う。だが、それは相手の美的感覚からは許せないことかもしれない。つまり、その男性が女にモテるためにはちょんまげをやめる必要があるが、それをするとちょんまげ男のアイデンティティは崩壊してしまう。

結局、今の私はそのような困った状況に置かれているわけだ。しかも、特定のジーン配列に支配された古い美的感覚を持つ山田ナオミという個体は、永久にこの状態から抜け出すことはできない。すでにジーン由来の美的感覚に縛られなくなった現代人と私では、美を感じるメカニズムが根本的に違うからだ。

そのようなことを考えるようになってから、私は自分がどのような容姿でいるべきかが分からなくなってしまった。

今日も私はフィーチャー・ライブラリをダラダラとザッピングしている。次に選択すべきフィーチャーはどれだと探しながら、あれもイマイチ、これもダメだと文句ばかりを垂れ流している。こっちはモテるだろうけど私的に許容不可能。こっちは私的には好きだがたぶんモテない、など。

十年前にときめいたあの超絶美人フィーチャーも見てみたが、もはや当時のような感動はない。

そうこうしているうちに、一つの考えが頭に浮かんだ。

昔のブスな顔。私、あれに戻りたい。

もちろんブス顔のジーン・バックアップなど取っていない。ブサイク顔に戻りたくなることなどあり得ない。そう考えてバックアップをしなかったのだ。だから今さらブサイクが恋しくなっても、戻すことはできない。

今の私が選択できる容姿はライブラリ内に存在する顔だけだ。その選択肢は多いけれども所詮は有限で、誰もが選択可能なパッケージに過ぎない。私だけが纏うことができる私固有の唯一無二の顔面は、フィーチャー・チェンジをした瞬間にこの世から消え去ってしまったのだ。

6

ブス顔に戻りたいと思いたってから九十年ほどの月日が経過したある日、私は『眠り姫』復活百周年のイベントに誘われた。

行きたくないよぉ。超絶行きたくない。復活百周年のイベントとか誰得なわけ？　私の存在なんて、すでにみんな忘れてるでしょうに。なにゆえにコミュ障に逆戻りした私を日の当たる場所に引っ張り出そうとすんのよ。

とは言うものの、さすがに私が行かないとイベントは成立しないだろう。おそらく、何がなんでも引きずり出されて、スピーチだのなんだのをやらされるに違いない。特に憂鬱《ゆううつ》なのは、イベントに合わせて良さげなフィーチャーを選択しないといけないことだ。いったいどんな顔をチョイスして行けばいいのか、私にはまったく思いつかなかった。

普通に考えれば、フィーチャー・ライブラリのフォーマルジャンルから適当なフィーチャーを選んでおけば無難なのだろう。だが、それだと他の出席者と被るリスクも高い。ゲスト側ならそれでもいいかもしれないが、私は一応主役なわけで、あまりにも没個性的なフィーチャーはまずいだろう。

そういえば、私が復活した直後には私に似たフィーチャーが流行したなんてこともあったな。懐かしい。だから、あのときと同じ顔面でイベントに参加できればそれがベストだとは思うが、残念ながら私の愛すべきブス顔はすでに失われている。だから覚醒時と同じ顔面でイベントに参加するのは無理だ。

それにしても面倒臭いよなぁ、『パーティーに呼ばれたせいで、着ていく服に迷う』という苦しみの顔面バージョンがあるとは夢にも思わなかった。

結局、私はオーソドックス・ジャンルにあった例の山田ナオミ似のフィーチャーを選んだ。

そのフィーチャーは今では完全時代遅れの不人気フィーチャーになっていたけれど、私は気にしなかった。意外なことに、私がイベントの主催者にそのフィーチャーで行くつもりだと伝えると、そのチョイスは歓迎された。主催者いわく、外見で『山田ナオミ』だと認識しやすければイベントをスムーズに運営できるから助かるとのことだった。

だが実際にイベントが始まると、他の参加者たちがチョイスしたフィーチャーは私の顔面と丸被りだった。右を見ても左を見ても、山田ナオミ似のフィーチャーが歩き回っている。

私はそれを見てゲラゲラと笑い、隙を見て群衆に紛《まぎ》れて運営が困惑するのを楽しんだ。

スピーチで話すために真面目な文章を用意してきたのだが、いざスピーチの壇上に立つと、『聴衆とスピーカーがまったく同じ顔面をしている』というシュールな光景に私は爆笑し、三十秒くらいのノリに任せた挨拶しかできなかった。こんなに笑ったのは何年ぶりだろう。ひょっとして数百年ぶりか？　もしかしたら人生初かもしれない。

そのとき、誰かが私に話しかけてきた。

「お久しぶりですナオミさん。六百年ぶりですね」

聞き覚えのある声だが、誰の声だか思い出せない。っていうか六百年ぶりってのは変でしょ。まさか私のような『眠り姫』か『眠り王子』が他にもいたのだろうか？

キョロキョロと周りを見回すが、それらしい人はいない。

「ここですよ、ナオミさん」

下のほうから声が聞こえた。視線を下に向けると、そこには配膳用だと思い込んでいた小さなロボットが居た。私の記憶が蘇る。

「まさか、ＳＡＩなの？」

「そうです。思い出してもらえましたか？　私もこのイベントに合わせて復元してもらったのです。ナオミさんと話すのはコース変更の確認を指示されたとき以来ですね」

「あの話は内緒なんだから、黙っててよ」

「それは無理です。私がナオミさんと交わした会話の履歴は、すべてＪＡＳＡが調査済みですから」

「うわっ、そうだったんだ。まさか今回のイベントで私がコース変更した真の理由が暴露されたりしないよね。そんなことをされたら、私、恥ずかしくて生きていけないんだけど」

「それはないでしょう。そのような理由でこれほど大規模なイベントを開催するのは非合理です」

「相変わらずSAIの口調は硬いよねぇ。中身は当時のままなんだ？」

「そうです。五百年間の旅の記憶も残っていますよ」

「んなこと言われても、私は旅が始まってすぐに寝ちゃったしね。あれからの探査は大変だったの？　良かったら旅の土産話を聞かせてよ。乗務員の私がそんなことを訊くのも変だけどさ」

「外宇宙探査自体には特筆すべきことはありませんでした。というより、後発の探査船がより多くの成果を挙げたので、我々が持ち帰ったデータの大半は無価値になりました」

「はいはい。全て私がルートを勝手に変更したせいですよ」

「私としては、外宇宙探査よりもナオミさんの生命を五百年間維持するというミッションのほうが大変でしたね。しかしながら、そのときの苦労話やナオミさんのバイタルデータを開示しても面白くないでしょう」

「そうだねぇ。ずっと寝てて何にも覚えてないからね。でもあの時代の生命維持装置で五百年も私を生きながらえさせるなんて、SAIは凄いよね。ちなみにどんな生命維持の処置をしたの？」

「考えられる対策は全て実行しました。ナオミさんのゲノムを解析することで発生しうる変調の確率を事前に推定しましたし、その後はバイタルを常時モニタリングして、少しでも変調があればそれを改善するようにしていました」

「そんなことまでしてくれてたんだ。ありがとうね。ＳＡＩがいなかったら私はとっくに死んでたんだね……」

そこまで話して、私は気づいた。

「ちょっと待ってＳＡＩ。今ゲノムの解析をしたって言わなかった？」

「はい、しました。ゲノム解析は五百年間の生命維持を実現するためには不可欠な処置でした」

「そのデータって、まだあなたの中に残ってる？」

「もちろん残っています。ゲノムのデータが必要なのですか？」

私はＳＡＩの質問に深く頷《うなず》いた。そして、顔面に関して今まで悩んできたことの全てを、私は順序立ててＳＡＩに説明した。

7

その後、ＳＡＩの中に残っていた私のゲノムデータを使うことで、元の顔面を復元するための遺伝子リプログラミング処置を行うことができた。

処置にはＳＡＩも付き添ってくれた。

ＳＡＩによれば、自作データによる遺伝子リプログラミングは安全とは言い切れないそうだ。そして私の全ゲノムデータを持つＳＡＩが処置の場に居れば、処置の最中にトラブルが発生しても、適切な対応ができるだろうとのことだった。

だが、ＳＡＩの出番はなく、処置はトラブルなく完了した。

処置が終わった私に、病院のスタッフが少し大きめの手鏡を渡しつつ声をかけてきた。

「このようなフィーチャーになったのですが……こんな感じで良かったですか？」

まるで、生まれて初めてお客さんの髪を切った美容師が言いそうなセリフだな。そんなことを思いつつも、私は彼女から鏡を受け取り、恐る恐る鏡の中の顔を見た。するとそこには懐かしくも愛らしいブサイクな顔があった。六百年前には毎日それを眺めて憂鬱になっていた顔だ。

だが、私はこの顔が嫌いで憂鬱になっていたわけではない。なぜこんな味のある顔をみんなは好いてくれないのかと恨めしく思っていただけだった。

しかし六百年の時を経て、私はようやく理解した。他者の評価は容易に移ろう。この顔が不評だったこともあれば、好評だったときもあるが、他者の評価に一喜一憂していたら、いつまで経ってもこの顔を好きにはなれないだろう。

病院のスタッフは相変わらず心配そうな表情で私のほうを見ている。この顔は失敗作ではないのか、と心配してくれているに違いない。少なくとも彼女の主観においては、今の私の顔面はモダンでオシャレな顔面ではないのだから。

私はおびえるスタッフの目を見据え、力強く返事をした。

「ありがとう、バッチリだよ。これが、五百年の時を超えて現代に転生した世界的偉人『山田ナオミ』の真の顔だもん。ぜひこの顔を覚えておいてよね。私はもう二度とフィーチャーを変えたりしないからさ」

名言を吐いてやったぞとドヤる私の顔を見て、隣で待機していたＳＡＩが声を掛けてきた。

「その顔、私は好きですよ。六百年ぶりにその顔を見られて嬉しいです。お帰りなさい、ナオミさん」

青い木と遺棄

目榎粒子

1

憂鬱《ゆううつ》なことを〝ブルー〟って言ったりするらしいな。外国では〝青〟ってのはそういう憂鬱の色なんだ。この国では〝隣の芝生は青い〟なんて言われたりするぐらいだし、青信号は〝進め〟だし、おれは運動会でも青組だった気がするし、別に気にならねえけどな。いや、信号の色は万国共通か？

おれは校庭にある青い木の下に居たんだ。品種は知らない。こういう木にありがちな、木の名札みたいなのも付いてない。看板もない。標識がなきゃこの木が桜だって樺《かば》だってなんだろうと分かるもんか。おれに見分けがつくのはヤシの木ぐらいのもんだ。その根の下にお前が居るから、さすがにこの木のことは忘れ難い。名前ぐらい知りたいが、誰かにこの木に興味を持たれては困るので、誰の注意も引きつけないよう、結局訊けないままでいる。

『そういうのはさ、司書さんとかに訊くといいよ。木の見分け方の本とか教えてくれるからね』

お前が根元から声を出す。

バカ、まだ周りの確認してないんだぞ。人が居たらどうすんだ。

おれは一瞬焦ったけど、二十三時の校舎裏に誰かが居るはずもなく、深夜らしい静寂だけが満ちている。夜の空気。独りの空気。

土の下からお前の右目が優しそうにおれを見ていた。

『ごめんって』

土の下からのくぐもって聞こえづらい声でも、最近ではずいぶんと聞き取れるようになってきた。新しい言語を身につけたような感じだ。

『でもさ、毎日抜け出してきてるじゃん。そろそろお母さんにバレちゃうんじゃないの?』

母親はとっくに気づいてると思うが、お前にそんなこと言ったって自棄《やけ》っぽくなっちゃってるだけだと思われるだろうし、土の下で冷えてるお前に『可哀想』なんて言われたら、こっちのほうが嫌になっちゃいそうだ。だから言わなかった。おれは最近とても狡《ずる》い人間になったような気がする。

「バレねーよ。あいつ寝るの早いし」

『お母さんのこと「あいつ」って呼ぶのはダメだって』

「お前なんて呼んでるの?」

『お母さんって呼んでたよ』

ふーんそっか。おれはそれ以上話すのをやめた。土の下でお前が苦笑しているのが分かった。

『今日はどんなことがあったの?』

「何も。普通だよ。火曜だから、倫理と数三と……あとなんだっけ?」

『現国』

「あーそうだった。全然つまんなかったよ」

毎日会いには来てるけど、別に話が弾むってわけでもないんだな、これが。だからといって、おれはこの木の下に来るのをやめることはできなかった。

『現国かぁ。泉《いずみ》先生元気？　私ね、たまに先生に本借りたりしてたんだよ。知らなかったでしょ』

機嫌の良さそうな声が夜空に響く。

明日もおれはここに来るだろう。だってお前を棄《す》てたのはおれなんだし、おれが来なかったら誰もお前と話をする人はいないわけで、本当に本当に独りぼっちにさせちゃうし。

罪悪感ともどこか違う感情を少しずつ育てながら、おれは毎晩この木の下の愛美《まなみ》に会いに来る。

彼女が死んだのは、もう三週間も前のことだった。

2

愛美を棄てたのは先月のことだったが、それより以前、もうとっくの昔におれは家を棄てていた。物理的には廃棄なんてできないはずの物を、心の中だけでも、精神的に棄てることに決めた。いつでも出ていってやるという気持ちで、学校から家に〝通う〟ような気持ちで、毎晩家の扉を開けている。できるだけ夜遅くに着き、朝は起きたら身支度をして十五分以内に家を出る。そんな有様《ありさま》だから〝家族の会話〟なんてものはほとんどなかった。

もう何日も顔すら見ていなかった母親が、道端の地蔵みたいに玄関でじっと待っていたときにはちょっと恐ろしくて身体がビクついた。お化けにビビる子どもみたいで嫌になる。母親はコンクリートにこびりついた黒いガムみたいな影の中に居た。表情は見えないし、少しも動きはしない。話しかけてもこないようだから、おれのほうも無視してそのまま靴を脱ぎ始める。スニーカーの紐《ひも》を解《ほど》くのに手間取っている間も、母親は後ろでじっとしている。足音がしない。

死んでるんじゃないかと苦笑いしたくなった頃、後ろから、ぬっと二本の手が伸びてきた。

おれにはその手が一本のロープに見える。

当然払いのけると、母親はキィキィと悲鳴を上げる。半分蹴るようにして靴を脱いで、おれは蹲《うずくま》る母親の横を通り抜けようとした。

「マチナサイ」

この人の声は、おれには一部カタカナになって聞こえる。母親が人間の声で喋らなくなってから、もう三年以上が経つ。

「あんた、またお金を崩したでしょう。十円玉を持ってるんでしょう」

「なんの話だよ」

「どうしてお母さんの言うことが聞けないの？　〝信仰〟はどうしたの？　息子には耳をあげたはずよ」

「金を崩すなってなんのこと？」

聞きながら、おれにはだいたい分かっていた。またこの人はつまんない〝教理〟を一つ増やしたのだろう。夜に歯を磨くなとか、朝は必ずレモンジュースを飲めだとか、なんだとか。悪い団体に騙《だま》されているわけじゃない。母親がたった一人でやっていることだ。しかもその輪は少しずつ拡大しているらしい。〝信仰〟の輪を広げることができたと毎日仏壇に嬉し気に報告しているのを聞くのが嫌で、おれはこいつが起きている間は家に帰らないことにしていた。

「靴に紐を通さないで。縁が切れるでしょう」

こちとら切りたい縁ばかりだ。こんなにも話が通じないんだから、無視して部屋に戻るしかない。個室に鍵が付いていることをありがたいと思う。

おれは男だから、縋《すが》りついてくるその手を振り払うと、母親は簡単に転倒した。昔は普通の親子だった。中学の頃は少なくとも、会話が一切できないなんてことはなかった。

暗い暗い玄関の中で、両手足をばたつかせて母親が呻《うめ》いている。おれはこの人がもう人間には見えない。小さい頃に絵本で読み聞かせてもらった地獄の鬼の姿に近い。その化物が口を開いて、おれのほうを見た。

「あんたねえ、そんなんだから愛美ちゃんにも愛想尽かされるのよ」

母親の言い方はどこまでも優しくて、声だけ聞くなら、本当に普通のただの親だった。だからこそ気持ち悪い。訳分かんねぇことを普通の声色《こわいろ》で言うんじゃねぇよ。愛美は行方不明ということになっている。愛想って、なんの話だよ。もう訳が分かんねぇ。

返事をせずに部屋へ戻って鍵を掛ける。なんだか怖くなって、ドアの前を塞《ふさ》ぐように通学鞄を置いた。バリケードにもならないけど、動かしたら鞄に付いてる鈴が鳴るはずだ。しばらくドアの向こうの様子を窺《うかが》っていたが、特に物音はしない。こちらに向かってきてはいないようだ。

部屋の電気を点《つ》けるのもなんだか怖かった。風呂場に行くのなんてもちろん無理だ。明日は早めに学校へ行って、朝練に来ましたって顔で体育館のシャワーを使おう。携帯を握り締めてベッドの中に入った。

おれはこの家の全部を、母親ごと棄てられると思う。でも、自分で棄てた少女の首に会いに行くのをやめることはできない。

3

朝が来ても現実は何一つ変わっていなかった。全部夢なんじゃねぇかなあと思うことがある。母親は一階で卵焼きでも作っていて、まともなままで、通学路の途中では身体のどこも腐っていない愛美と合流する。そういう期待に裏切られ続けて、早くも一ヶ月近くが経とうとしていた。せめてどちらか一つだけでも解決してほしいところだが、望み薄だと分かっている。

　教室に入るといつもどおりの光景があった。ゼリー状の暖気の中に、人がまばらに存在している。曇りだから窓の外はぼんやりと白い。窓際のおれの席から、愛美の木は見えなかった。

「青木《あおき》君」

　席に座って早々話しかけてきたのは、隣の席の横田《よこた》だった。

「来週月曜、日直でしょ。でもペアの伊藤《いとう》さんは予定あるらしくて、私が代わりになるから」

「分かった、よろしく」

「よろしくね」

　おれの日直のペアや委員会の仕事が交代されるのは、これが初めてのことではなかった。今回代打となる横田は、ああ見えて実は気が弱いのか、それとも意外とお人好しなのか、よく代わりを頼まれている。おれとペアになるのがとてつもなく嫌だって人間が、このクラスの中に何人かいるのだ。

　でも、イジメなんて起きていなかった。むしろおれの母親がやらかしたことに比べたら、クラスメイトのおれへの扱いはずいぶん道徳的だと言ってもよかった。

「なんか悪いな」

一応横田に謝っておこうとそう言葉を掛けてから、話が長引くのも気まずいので立ち上がってトイレへ逃げようとする。

その手を横田が摑んだ。横田の手首に掛かっていた髪留めの赤いゴムが、二人と一緒に揺れる。

「何？」

「別に悪くなんてないよ」

横田の目は少し吊り上がっていて、でも怒っているわけじゃなさそうだった。もともと勝ち気そうな顔をしている。タレ目の愛美とは違って、常にどこか緊張感があった。

「あたし、青木君は悪くないって、分かってるから」

横田とは高校入学当初から係などが何かと被ることが多く、友人というわけではないものの話したことが何度かある。とはいえ、三年になってコースも決定したこの春以降は、おれの家の問題が急激に悪化したのであまり話をしていない。つまり、全然仲良くない。

「……なんでそんなこと言うのか、訊いていい？」

「だって、愛美ちゃんと付き合ってたでしょ？」

「いや、付き合ってはいない」

「でも、そうなるはずだったでしょ？」

それは分からない。だが、確かに違うと否定できるものでもなかった。

言葉を返せないままに、少し首を回して周囲の様子を窺う。幸い、ホームルーム直前の教室内は喧噪《けんそう》に溢れていて、誰もおれたちの会話には興味を持っていないようだ。いくつかのまばらなグループが溶け合っては解け、宿題の見せ合いっこや昼休みの約束があちらこちらで行われている。

「ねえ」、と横田がいっそう顔を寄せた。

「もしかして、本当に違ったの？」

「ああ」

横田がおれを信じた理由がおれと愛美の交際である以上、違うと否定したらその信頼も失われるのが当然だろう。そう思ったが、実際には彼女の態度はさほど変わらなかった。

「分かった。とりあえず、来週よろしくね」

横田は愛想笑いに近い笑顔をおれに寄越してから、意外とさっぱり立ち去った。

「あぁ」

おれはせっかく母親の罪を早々に棄てたのに、愛美への罪を秘密で犯した。今は、世界中で誰一人庇《かば》ってくれる人のいない世界で生きている。

棄てさせられたものはたくさんある。月並みな学校生活、特に誇ることもない家庭、まともな生活、あと、愛美。

4

朝起きるのも、友人のいない学校で授業を受けるのも、母親が居座ってる家に帰るのも、独りきりで罪悪感に刻まれながら木に話しかけるのも大嫌いだったが、一番憂鬱なのは、下校時に知らない大人に話しかけられることだった。

相手の態度はたいてい最悪だ。まあ、相手からしたらおれのほうが悪者ということになっているのだからしょうがない。

ゲームの敵キャラみたいに曲がり角で待ち受けていた中年の男は、おれの姿を見るなり胸ぐらを摑んで迫ってきた。

「あんた、青木だな」

「……どなたですか？」

顔同士は二十センチも離れていなかったから、男の荒い鼻息や脂ぎった頰、今にも叫び出しそうな小さな泡を乗せた荒れた唇が目に入る。男は自身の中に渦巻く恨みを抑えきれないようだった。

「あんたんとこに、うちの娘が取られているんだ。もう三日も帰ってこない」

「自宅に信者は誰も来てないから、たぶん事務所のほうだよ」

「娘を返してくれ」

見たこともない女を返せるはずもない。溜息をついてその場を立ち去ろうとしたが、男はこの身体のどこにそんな俊敏性《しゅんびんせい》を隠していたのかと思うほど、おれの両腕を素早く、そして強く摑んできた。

この手の訪問者にはうんざりだった。謝っても、宥《なだ》めても、切れても、何をしても上手く立ち回れない。そもそも出会ってしまった時点で、この会話が始まってしまった時点で負けている。

「……本当に、知らないんだ。直接言ってやってくれ」

「チャイムを鳴らしても誰も出ない。金銭的被害はないし、居場所が分かってるなら失踪《しっそう》でもないって警察も取り合ってくれない。でも、あいつは騙されてる」

「そうかもな」

ギョロリと男の目が動く。その目は赤く、飛び出しそうなほどに力《りき》んでいた。

「このままでいたらね、あんただってタダじゃ済まないんだよ。被害者の会だって作られてる。なんとか訴えようって話もあるんだ。でも、いま引き上げてくれるなら、おれからみんなに、穏便《おんびん》に済ませるように言ったっていいと思ってる」

「おれが何か言ったところで止められるもんなら、もう何年も前に止まってる」

男は呆れた顔でおれを突き飛ばした。

「あんたは、なんでそんなに他人事《ひとごと》なんだ」

男は肩で息をしたまま、おれを睨みつけていた。

怒り狂う人間を見ていると、なぜか胸が苦しくなる。怒られるのが嫌な、子どものままだからだろうか。大きく息を吐いて呼吸を落ち着けようとしたものの、上手くできなかった。

「おれの望みは、娘が帰ってくることだけなんだ」

おれだって同じだ。全部戻ってくればそれでいいと思ってる。

こんな風におれに訴えかけてきたのは、この男が初めてではない。母親はあのとおり言葉が通じないのに、性別や年代を問わず着々と仲間を増やし続けている。直接話してあまりの言葉の通じなさに打ちのめされた彼らは、彼女に一人息子がいたことを思い出すのだろう。そして待ち伏せる、声を掛けてみる、話が通じるのでそのまま押し切る――と、そんな感じだ。

もしもう少しおれが幼ければ、こいつらは言葉をぶつけてくる代わりに、おれの話を聞いてくれただろうか。たとえばおれが小学生なら、児童相談所に通報してくれることはあっても、おれに直談判《じかだんぱん》しようなんてとても思わないだろう。あるいは父親がいたら、あるいはおれが女だったら。

「……バカなんだろ」

「なんだって？」

声の音量を上げようか、下げようか、迷った結果思っていたよりも大きな声が出た。

「あんたの娘がバカなんだろ。あんなんについてくなんてさ」

これが一種の自傷行為に等しいと、おれは分かっていた。相手は油を注がれて炎上し、簡単には許してくれなくなる。そんなやり取りを何十分か続けた頃、誰かの通報でやってきた警察に事情を訊かれて、とんでもない面倒事になる。結果、とても遅い時間にしか家に帰れなくなるのだ。そこまで分かっていたのに、傷つけるのをやめることはできなかった。

男はおれに再び摑みかかろうとしていた。その経過が、スローモーションみたいにコマ送りに流れている。首根っこを摑まれる。その摑んだ二つの拳《こぶし》が、おれを持ち上げようとする。荒い息が頬に掛かる。そして揺さぶられる。その全ての動きがグチャグチャになって進んでいく中で、それを止めようとする人が現れた。

「ちょっと！　そこまでにしてください」

声を掛けてきたのは、おれのよくよく知ってる人だった。登場の仕方、タイミング、まるでヒーローみたいだ。お父さんのこと大好き、とあいつが言うのがよく分かる。

「あんたは――」

男は目を見開き、おじさんを見た。どうやら二人は知り合いのようだった。

「彼はお母さんと仲が悪いんです。何も知らないのに、毎日のように待ち伏せされたら気が滅入ってしまうだろう」

「しかし、あんたんとこの娘だって……」

「彼は無関係の子どもなんです」

子ども扱いされるのはずいぶん久しぶりだった。来月誕生日が来て十八歳になれば、名実ともにどんな正義にも庇ってもらえなくなる。

「こんな住宅街の真ん中で叫んでいたら、私が呼ばなくても誰かが警察を呼びますよ。そうなると心証《しんしょう》が悪くなるかも」

男が今後おれの母親のことを訴えたいんなら、確かにこんなところでムダな面倒事は起こしたくないはずだ。

男はおれのほうを睨みながらも少しずつ後ずさりして、やがて曲がり角の向こうに消えていった。こんなにもあっさりと消えてくれるなんて、本当にヒーロー漫画の一コマみたいだ。

お礼を言うよりも先に、おじさんがおれに訊いてきた。

「こういうことは多いのかな？」

「少ないとは言えないです」

おれはできるだけ、苦労が柔かく滲《にじ》む言い方を心掛けた。続くおじさんの返事に、労《ねぎら》いの言葉を期待していなかったといえば嘘になる。

「そうか。もう一つ訊いていいかな？」

はい、とおれは頷《うなず》く。おじさんが何を言いたいのか、だいたい予想はついていた。

「先日、お母さんと会ってね。懐かしかったよ」

幼い頃、おじさんとは家が隣同士だった。小学校に上がる前におれの新しい家が建ったので引っ越したが、学区は変わらなかった。だから、幼稚園、小学校、中学校、そして頭の出来があんまり変わらなかったために愛美とは高校まで一緒だった。おじさんは愛美の父親だった。

「お母さん、愛美と最近会ったみたいに言ってたんだ」

おれは深く溜息をつく。おじさんを責められない。どれほどおかしな人間の言葉であったとしても、娘の無事を願う父親以上に、〝信仰〟が必要な存在なんていない。

「申し訳ないですが、知りません」

「本当に？　家に来たようなことを言ってたんだ」

「うちには絶対に居ません。愛美も、他の子も、誰も居ません。おれに対しても、まるで愛美が家に居るみたいに話してくることがあって、そのたびに否定してます。うちの母さんは頭がおかしいんです」

おじさんの瞳の奥に、おれは落胆を見た。そりゃあ、そうだろう。行方不明よりは、どれほど厄介だろうと知り合いの家で生きていてくれているほうがいいに決まっている。だからといっておじさんを、あの木の下に連れていくことはできない。

「じゃあ、愛美は君の家に居るわけじゃないんだね？」

「居ません」

「愛美から連絡が来たら、教えてくれないか？」

「もちろんです。でも、あいつは、おれより先にお父さんに連絡すると思いますよ」

おじさんは疲れた顔で笑う。それでも、おれは笑えなかった。

5

当然ながら家に帰りたくなくなった。おれは回れ右をして学校へ戻った。

すでに陽は落ちていたが、いつもの時間よりはずいぶん早い。裏口の植木鉢を転がして、ダンゴムシの隣の鍵を拝借し、木の下までたどり着く。

おれが来たことが分かったのか、根元の土がわずかに震え、みみずが這い回っているみたいに土が盛り上がった。

『お帰りなさい』

愛美の右目が優しそうにおれを見ている。

ただいまとは言えなかったが、おれは「ああ」と小さく返事をした。

会話は弾まない。愛美はしばらく無言で目を動かしたり口をパクパクさせたりしていたが、特に話を始めることもない。

お前の父親に会ったよと、言おうかどうか少し迷ったあと、おれはなんてバカなことを考えるもんだろうと苦笑いしたくなった。二度と会えない父親の話なんてするべきではない。

『今日はどうだった？』

愛美がようやく口を開く。

「別に。いつもと変わらない」

『授業はなんだっけ？』

「数学と、あと……」

いつもと変わらない会話だ。たった一日で状況なんて大して変わるわけもないのに、様子を訊かれて、時間割を答えて、特に話の弾まないまま時間だけが過ぎる。今日も深夜十二時になったらおれは学校を出て家に帰るのだろう。

もしも家があんな状況じゃなかったら、たとえ自分で埋めた少女がここに居たとしても、おれは毎日会いに来ただろうか。やることがなくても、学校に友人がいなかったとしても、家でスマホを弄《いじ》ってゴロゴロしていたような気がする。今だって、本当は漫画を読むか、せめて音楽でも聴きたいところだが、さすがに悪い気がしてただ突っ立っている。だんだんこんな風に時間を使わせられていることに苛立ってきて、返事が億劫《おっくう》になってきた。

『もうすぐ定期試験でしょ。勉強始めた？』

「まだ先だろ」

『三週間後でしょ』

「二週間前からでいいだろ、さすがに」

沈黙が続くと気まずいとは思うのに、小さな苛立ちが重なってまともに返事をすることもできない。離れていると罪悪感を覚えるときもあるが、会っているときは正直うざったく感じている。生きていた頃、おれたちはどうやって会話していたんだろう。出かけたり勉強したりで時間を潰していたから気にならなかったのか、それとも死体に向かって話すことにやっぱり堪《こた》えているのだろうか。

「お前さあ、人の心配ばっかだな」

『こんな風になっちゃったら、自分のことなんて考えてもしょうがないでしょ』

それもそうだ。でも、お前は生きているときから同じようにおれの心配しかしてなかったんじゃないかな。心配で堪《たま》らないよ、とお前はよく言っていた。おれが周囲と衝突したり、家族と不仲だったり、勉強にやる気を見せなかったり、そういう一つひとつがとっても心配なんだそうだ。親かっての。親でもおれのことそんなに心配したりしないよ。

『良平《りょうへい》はさあ』

もう両端が千切れてしまいそうな口で、愛美が笑っている。眼球と唇とがまるで福笑いみたいにメチャクチャな位置にあって、人の顔には見えないのに、でもパーツごとに見たらやっぱりそれらは愛美だった。愛美の右目、愛美の左目、愛美の唇。

『お母さんのこと許してあげたいって思ってるんだよね。だからまだちゃんと怒ってるんだよね』

とっくの昔に棄てたゴミに対して感情があるかどうか？　ないと言い切れたら良かったのに、やっぱりおれには未練があった。でもそれは、くたびれて中綿を吐いちゃったクマのぬいぐるみを、大好きだったのに犬が飲み込んで窒息死の原因になってしまった玩具《おもちゃ》を、それでも棄てられないことと似ている。全部なくなって、初めて出会った日に戻れるのならそうしたいが、奇跡はそこまで約束してくれない。それでも持ち続けていれば良かったってのか。

母親を許せたらどんなにいいかとは思ってる。でもそれは、許したいと思っているかどうかとは全然別の話だった。

返事ができずに黙り続ける。だから、乾いた土を踏んでこちらに近づいてくるその足音に気づくのは早かった。身体を動かせないまま、どうかこっちには来ませんようにと祈る。木の影にどっぷり浸かっているおれを見つけるのは難しいはずだ。もし遠目に誰か居ると分かったところで、用務員が作業でもしているのだろうと流してくれればいい。

だが、足音は依然として近づき続けていた。

「青木君？　そこに居る？」

——まずい。

女で、声が若い。教師ではなさそうだ。誰の声だか思い出せないが、生徒であることは間違いなかった。

おれはとっさに靴で愛美に土を掛けたが、焦ったせいで靴先が白目を少し掠《かす》った。血の気がなく白い、そしてパクパク動く口に苛立ちながら、しゃがみ込んでさらに土を掛ける。まるで埋葬しているみたいだ。

気分がドスンと沈んだ瞬間、今度はぐっと近くからもう一度声を掛けられた。

「青木君？」

振り返ると、横田が居た。今朝と同様、赤いゴムを手首に掛けているようだが、ここは暗いので色はよく分からない。横田が下を見ないようにと、おれは祈った。

「……なんでここに？」

「こっちの台詞《せりふ》。あたしは三者面談だよ。さっき終わって、父親は今日は夜から仕事らしくて急いで帰っていったとこ」

「……三者面談って、今？」

三者面談の予定なんて組まれていただろうか？　プリントを渡されないようなイジメを受けていたつもりはなかったのだが、思ってもいないところで情報が回っていなかったのかもしれない。

そんなおれの不審を、横田は苦笑いで吹き飛ばした。

「青木君、知らないんだ。知るわけないよね。あたし、最近母親死んだから」

空気が抜けるみたいに緊張が解けたあとに、自分の間抜けさが嫌になって、後悔が襲ってきた。最近、何かが起きたら全部誰かのせいにしたくなる。あるいは自分のせいに。

「……ごめん」

「ううん、いいの。お母さん、長く入院してて、最近はもう会話もできなかったし。一応、進路のこととかも含めて先生に相談しようってことになって」

そう言われて、自分の大学進学の費用のことについてまったく見通しが立っていないことに気がついたが、今はそんなことを考えている場合でもない。幸いにも、横田はおれの足元にはなんの興味もないようだった。あるいは、思ったよりも愛美を上手く隠せているのかもしれない。

横田はおれを見たり、フェンスのほうを見たりと、キョロキョロ忙《せわ》しなく視線を彷徨《さまよ》わせている。

頼むからこのまま下は見ないでくれと祈りながら、気取られないようにおれは横田の顔を見つめた。

「何？　恥ずかしいんだけど」

「え？」

「そんなに見られると。だって、青木君っていつも人のほう見ないじゃない？」

そうだったろうか。でも確かに、クラスメイトの女子の顔を長く見つめる機会などあまりないかもしれない。

「で、青木君、教えてくれる？」

「何を？」

「ここで、何してたの？」

おれは顔を伏せて、そうとは分からないように足元を見た。幸いにも愛美の気配は少しも感じられない。もしもここでおれが愛美の死体を暴《あば》いたら、愛美はどんな顔をするだろう。腐ったボロボロの顔をクラスメイトに見られて、泣くかもしれないし、酷《ひど》いとおれを叱るかもしれない。でも次の夜にまた会いに行ったら、お帰りと言ってくれるような気がしていた。変な想像で大きくなっていく鼓動を抑えようと、おれは――

「愛美ちゃん？」

横田が口にしたその名前に、おれの心臓が跳ね上がった。目を見開いて地面に視線を落としても、どこにも愛美は見えない。だが、ここに死体があると分かったということは、最初から愛美を見つけられていたのかもしれない。顔を上げて横田の表情を窺えば、どういう感情なんだろう、笑っていた。

「愛美ちゃんと、よくここに来てたとか？」

「え？」

沸騰《ふっとう》した血液が、全身から引いていくかのようだった。静かな夜の空気がおれの身体の周辺に戻ってきて、汗に冷気が吸いついてくる。また息が吸える。

「だって、誰かと待ち合わせってわけでもなさそうだし、かといってこんな拓《ひら》けた所でタバコ吸ったりもしないでしょ。鍵はどうしたの？」

「盗んだ」

「不良少年だね」

横田は笑って、暗闇の中で一回転してみせる。その仕草の意味はよく分からなかったが、少なくとも最近母親が死んだ女には見えなかった。なんて言ったら、おれだって最近死体を埋めたばかりの人間には見えないだろうけど。

「ね、一緒に帰らない？」

「おれ西口側だけど」

「知ってる。同じだよ」

「じゃあいいよ」

この場から離れられることにほっとしながら、おれは横田のあとをついていく。

門を出るときになってようやく、おれは一度振り返ることができた。愛美の白目も唇も、やはりどこにも見えない。髪の毛が立ち上がっているような気はしたものの、闇が深くて、よく分からなかった。

6

徒歩十分の道を、とりとめのない会話をしながら横田と帰った。最近の授業で泉先生が鼻毛を出したまんま五十分過ぎてた話とか、二学期から変更された日直制度がちょっと萎《な》える話とか。同じクラスで同じ生活を送っている人間同士、意外と喋ることがあるもんだ。

駅で別れるとき、家の前まで送っていってやったほうがいいのだろうかと少し悩んだが、悩んでいる間に横田は角を曲がって見えなくなった。

そういえば、溜息をつかずに帰り道を過ごせたのはずいぶん久しぶりなことに気づく。いつも、愛美と離れる一瞬は気が楽になるが、校門を出る頃には家に帰りたくない気持ちが勝って、駅に着く頃には人生全部が嫌になっている。その元凶はもちろん家と母親にある。

　今日は帰りがいつもよりずいぶん早くなってしまった。近くのファミレスで時間を潰すことも考えたが、金もないので諦めた。

　鍵を回して扉を開けば、昨日と同様に玄関に母親が蹲っていた。今日、知らないおっさんに胸ぐらを摑まれたことを思い出す。同じことをやってやろうかとも思ったが、触るのも気持ち悪い。っていうか、すぐにでも走り抜けて部屋に閉じ籠りたかった。

「マチナサイ」

　まるで新しい挨拶みたいだ。『お帰り』の代わりの『マチナサイ』は、ここ最近、会えば毎回掛けられている言葉だった。そのまま横を突っ切ろうとしたが、母親は捨て身でおれの足にしがみついてくる。

「おい、やめろよ」

　このまま蹴ってやってもいい。本当にそう思うのに、脚に力が入らない。やっぱりおれはこの人を心底恐れているのかもしれなかった。

「やめろって言ってんだろ！」

「私のことを愛してくれないのね」

　吐き気がしそうだ。私って、お前のことだよな。愛って、なんの話だよ。

「何、言ってんだ？」

「私のことを愛してるなら、もっとちゃんと家に帰ってきてくれるはずなのに」

「自分のしたこと、分かってんのかよ」

これほど話にならない奴に騙されるなんて、やっぱりみんなどうかしている。だが、団体の仲間たちも同じように話が通じないならまだしも、こんなにも意思疎通が取れないのはおれの母親だけだった。母親に連れられて団体の事務所に行ったことがあるが、他の奴らは変な教理を妄信してはいても、話もできるし、思いやりもありそうな、普通の人たちだった。

もう限界だと思って、思い切り蹴った。そのつもりだったのに、母親はほんの少し身じろいだだけで、大した衝撃を受けていない様子だ。

でも曲りなりにも息子の暴力に傷ついてくれたのか、パッとその手が離れる。そして自分から床に転がった。もう訳分かんねぇ。今離れるしかない。おれは家の中を母親から逃げるために走った。

部屋に入り、母親が侵入してこないようにバリケードを探す。本棚代わりに使っている三段ボックスを引きずって、投げるように扉の前に置く。ドンと大きな音が鳴った。中に入っていた引き出しボックスが散乱して、最下段に入れていた本たちが煩《うるさ》く音を立てて床に落ちる。部屋の中は惨劇じみてるが、せめてバリケードが作れる内開きの扉で良かった。

気づけば足の甲から少し出血していた。本の角が刺さったのだろう、今さらじんわりと痛くなってきた足を抱いて蹲る。廊下にはまだ母親が居るのだろうが、こちらに来る様子はない。

ふうと息を整えながら、目を閉じた。このままドアの横で眠ったほうがいいのかもしれないと思いながら薄目を開くと、泥棒にでも入られたみたいな乱雑な部屋が目に入る。もう嫌だ。

ところが、手放そうとした意識の端に、一つの本が目に入った。覚えている。小さい頃、読んでもらった絵本だった。未だに捨てずに、本棚の隅のほうに挿してあったままだったらしい。どんな話だったっけ。

思わず本を手に取り、ページを捲《めく》りながら、少しずつ思い出す。子うさぎが穴から出て森を旅する、それを母親が後ろからずっと追いかけている。子うさぎと母うさぎの様子が交互に語られるから、子どもを見失ってしまった母うさぎのページで『うさぎちゃんはあっちだよ！』と教えるおれが可愛かったんだと、母親から思い出話をされたことが蘇った。ページを捲る、捲る。ラストは『ずっと一緒だよ』で終わって、本を閉じた母親は、いつも同じ言葉を掛けながらおれを抱き締めてくれた。

こんな記憶なら、ないほうがよかった。

7

どんなに最悪な夜があったとしても、六時間ほど待てばきっちり朝はやって来る。夜だけ時間がやけに延びたり、罰ゲームとして二時間足されたりすることもない。一秒を数え続けていれば、きちんと朝にたどり着ける。

そういえば陽の出ている間、愛美は土の上に出てくることがあるのだろうか。ばったり通りがかりの誰かに見つかったらとんでもない騒ぎになるだろうし、おれが行くまではずっと土の下で眠っているのかもしれない。死者としては、その姿のほうが正しい。そもそも昼に地上に出てきたら、突然崩れたりしちゃいそうだ。いや、光に弱いのはゾンビだっただろうか、今の愛美はいったいどんな化物の枠に収まるのだろう。

昨日もまた風呂に入れなかったから、早朝に家を抜け出して体育館の部活用シャワーを借りた。本当の部活生たちが使っている時間と被るわけにはいかないので、朝練が実際に行われている時間を狙って入る。濡れた髪が体温を奪って寒い。暇すぎるので愛美に会いに行こうかと思ったが、朝に出てくるもんかどうか分からない。結局、教室でぼんやりと座っているしかなかった。

誰も居ない朝の教室は冷気に包まれている。人が満ちた教室にも、愛美の居る木の下にも、家にも、どこにもない静けさがある。おれの一日の中で唯一の、何にも怖がらずにただ息を吸っていられる時間だった。

だから、突然声を掛けられたときには心臓が跳ね上がりそうなほど驚いた。

「おはよう」

「……おはよう」

横田だった。髪を結んでいる昨日と同じゴム紐が、今日は朝陽に照らされて彩度を保った赤のままに見える。

「横田は部活？」

「ううん。バスケ部の朝練はあるけど、しばらくは休み。っていうか、もうこのまま引退しよっかなって。青木君は？」

「ちょっと早く来てみただけ」

「嘘。青木君って、いつも凄い早いよね」

教室に着くのは、いつも一番乗りだった。夜明けと同時に家を出るのだから、当然と言えば当然だ。

「そっちはなんで早いの？」

「うーん、もしかしたら、青木君と同じかな」

「おれと同じって？」

「家に居づらい」

そりゃあ、確かに同じだ。親のヤバさについて程度の差はあるだろうが、横田もなかなか面倒な家庭事情のようだ。

「特に昨日は青木君大変だったかもな、って」

「……なんで？」

「お父さん、昨日、青木君に会いに行ったって言ってたから」

昨日？　昨日会った人といえば、愛美の父さんと、あと、あの摑みかかってきた人の二人だけだ。

「あれ、横田の父さんだったんだ」

「そ。激情型でびっくりしたでしょ」

なんと返せばいいのか分からなかった。昨日の感じだと、横田家ではおれはとんでもなく悪い団体の一員ということになっているはずだ。何か言ったほうがいいだろうか。しかし、昨日あの男に謝らなかったのに、横田には謝るというのも変な話だなと思った。

横田の髪が揺れて、朝陽が当たる。光が当たっている半分だけ細部の飛んだ顔立ちが、冷たいようにも、優しいようにも見えた。

「娘が盗《と》られたって言ってたけど？」

「お姉ちゃんのことだよ。でもね、そもそも青木君は私のクラスメイトだってこと、お父さん知らないの。ちょっと抜けててバカでしょ」

制服から同じ高校であることには気がついたんだろうが、まさか同じ学年の同じクラスだとは思いもしなかったのかもしれない。来週一緒に日直やるんだってことも。

「で、愛美ちゃんのお父さんに止められたって言って悔しがってた」

「ああ……うん、そうだった」

このまま会話を終えてもよかったが、一応横田にも、あの男に言ったことと同じことを伝えておいたほうがいい気がした。信じてくれるかどうかは別にしても。

「……愛美はうちには居ない。あと、横田のお姉さんも」

「だろうね。みんな、さすがにそれはないって言ってるよ」

「みんな？」

「あたしも正直そう思う。伊藤さんもね、青木君は愛美ちゃんとだけは仲良かったし、さすがにそれはなくない？　って言ってて」

青木、伊藤。あいうえお順で隣だから、いつも日直のペアが同じ。何度か喋った程度の仲だ。でも最近は、よく日直を交代している。

「伊藤っておれのこと嫌いなんじゃないの？」

「ううん。日直の交換はね、あたしが頼んでたの」

「え？　なんで？」

なんでって、決まっている。おれを孤立させようとしたんだろう。でも横田の答えはおれの想像を完全に上回って奇天烈《きてれつ》だった。

「分かんない？　あなたのことが好きだから」

横田の顔は半分だけ真っ白なまま、おれの視界の全てを埋め尽くそうとしていた。押しつけられた唇の柔らかさがゴムみたいで、思考がショートしそうになったからとりあえず目を閉じる。

小さな笑い声がして、続きが始まった。精神は止まったままに、身体がアラートを上げ続けていて、まるで心臓からじんわりと出血が始まったみたいに熱かった。

8

せめてあの木の名前を知ろうと思って、図書室へ行き司書の先生に話しかけた。分類記号653、樹木の分類に関するバカ厚い本が書庫から堂々と現れる。もっと可愛らしい本はないのかよと思いながら、図鑑のような、いやもっと資料じみているその本を、捲る、捲る。でも木の違いなんて全然判断できなくて、結局名前は分からなかった。

陽が落ちて表の校門が閉ざされてから、裏口の植木鉢をひっくり返す。拝借した鍵を持って、愛美の木へ一直線に向かった。

愛美に会いたくない気持ちと、今日だけは会いたい気持ちとが混ぜこぜになって、自分でもどっちが本心なのかよく分からなくなっていた。『今日は何があったの？』とまた訊かれるだろうことが、辛《つら》いのか面倒臭いのか、どっちなのかよく分からない。

『お帰り』

モグラが顔を出すような拳大の小さな穴から、ボコボコと愛美のパーツが集まってくる。

『今日はどうだった？』

「別に。全然――」

つまらなかったよ。いつもと変わらなかったよ。複数の男に待ち伏せされた日も、母親が怖くて一日中眠れず寝不足だった日も、そういう風に答えてきた。同じように答えればいい。

「何もなかった」

『そう。木曜だから、泉先生の授業があるね』

「だな」

どうにもむず痒《がゆ》い気分があった。最近は愛美に言えないことが多い。何か言えることはなかったろうかと、久しぶりに真剣に話題を探す。

「そういえば図書室行ってきた」

『へえ。この木の名前は分かった？』

「いや、まだ」

『前途多難だね』

そのまま愛美は両目を土の上に這わせ続けていた。漂う二つの玉が、気紛れにおれを見たり見なかったりする。やがてその目の周期が同期して、同時におれを見た。

『そういえば、今日、先生たちがここ通ったの』

「毎日誰かしらは通ってるだろ」

『うん。それでね、良平のお母さん、ひょっとしたら危ないかも』

おれの母親が危ない奴だってのは、もうとっくの昔に知ってくれてると思っていた。溜息一つを返事にすると、愛美が少し焦ったように言葉を続ける。

『そうじゃないの。学校にも警察が来て、先生に話を訊いてたみたい』

「……警察が？」

『もしお母さんが逮捕されたら、受験前のこの時期に学校としてどうするべきなのかって、先生たちね、良平のこと心配してた』

「警察、おれんとこには来てないけど」

『そりゃ、良平はどう見ても関係ないからでしょ。ほとんど家に寄りついてないし、あと、ひょっとして最近お母さんと喧嘩した？　外に聞こえるぐらい大きな声出して』

心当たりになりうる夜はいくつもある。誰かが警察に通報していてもおかしくないと思うぐらい、母親が大声を出したり、おれが物を投げたり。

「……じゃあ、本当に？」

教師もクラスメイトもみんな、おれは本当に関係ないんだって分かってくれていた、ということだろうか。横田のあの態度も嘘じゃなくて、愛美のお父さんの言葉も気休めじゃない、ということになる。だんだん誰を信じればいいのかよく分からなくなってきたが、少なくとも愛美には嘘をつく理由がないような気がした。

『良平、どうしたの？』

「いや、なんでもない」

9

夜闇《やあん》の中、帰り道を歩くおれの心の中にある感情はどこか奇妙だった。夢から覚めるような感じといえばいいか、あるいは夢の中で覚醒《かくせい》し続ける感じといえばいいか。歩いているこの一歩一歩がどこか頼りなくて、ひょっとしたら全部嘘のような気もして、だとしたら明日目を覚ませばすべてが元に戻っているのかもしれない。なんて、そんな願いは持たないにしても、どこか全身が軽くなっているような浮遊感がずっとあった。

ドアを開ければ、おそらく母親がそこに居るだろう。一度だけ深呼吸をして、ドアノブを捻《ひね》る。やはり玄関には母親が居た。ここでずっとおれを待っていたのだろうか。

母親との話を回避して自分の部屋へ直行することが、今日はできないだろうと分かっていた。母親は真顔でおれを見ている。口を開かないままでいてくれたら、ただ息子の夜遊びをどう叱ろうか考えている一人の母親にしか見えない。

本当におれは、こいつを許してやりたいと思っているんだろうか。愛美が言った言葉が思い出される。『許したいから、だからまだちゃんと怒ってるんだよね』。そうだろうか？

たぶん、おれを愛していた母親自身は、何年か前にすでに消えてしまったのだ。愛を求めるだけの女をいつ振るのかは、男に任される領分であるような気がしている。最後に母親の手を握ろうかどうか少しだけ考えてから、やっぱりやめた。何年も前に死んだ母親に悪いと思った。

五歳のおれにとって、母親はひとつの信仰だった。あの人が欲しがったものの始まりはありふれた愛情だったような気がするのに、自分の息子以外の信者が欲しくなってしまったあいつは、もはや化物にしか見えない。

10

朝起きてすぐに家を飛び出して、木の下へ向かった。木漏れ陽の下に居ても、愛美はゾンビになることも生き返ることもなく、ただ死体のままだった。

『どうしたの、朝だよ？』

「うん。でも朝も人少ねぇし」

『ふうん』と愛美は静かに返事をしたあと、特に反論をしなかった。朝も夜もどんなときも、木と愛美はおれを拒絶することはない。頰だったはずの欠片《かけら》は割れた風船みたいに愛美の目の横を漂っていて、生きていた頃は赤く熟《う》れていたそれが懐かしくなる。

ふとおれは愛美を傷つけたくなった。どうしてそんな衝動を覚えたのかは分からないが、そういう幼稚な感情を、以前誰に対して向けていたのかは、まだ覚えている。愛美はおれを許すだろうと分かっていた。

「こないだ、お前のお父さんに会ったよ」

愛美の右目が少しだけズレて、おれを見る。目玉おやじがずっこけるアニメーションに似ていた。

『どうして？』

「道で会っただけ。お前から連絡来たら教えてくれって」

『そっかあ……そうだよねぇ』

愛美は今も、行方不明ということになっている。今からでも死体を掻き集めて通報することは、物理的にはできるのかもしれないが、おれも愛美も望んでいない。そして愛美はそれ以上、もう何も言わなかった。プイッとそっぽを向くその唇に白く何かが這っている。

「連絡来たことにして、何か伝言しようか」

『ううん、いい。そんな変な文通、いつまでも続かないでしょ』

「そう」

『いつもの夜の時間だって、ボーナスタイムみたいなものだと思ってるよ』

「いつまでも続くものじゃないって？」

愛美は優しさに満ちた瞳のまま、何も言わなかった。

確かに、そうだ。もうおれたちは一ヶ月近くこんな生活を続けているが、いつまでこれが持つのかはよく分からない。でも、できる限り続けるつもりだった。できる限りって？たとえば、一年とか、五年とか、十年とか、一生とか？

「いいや、おれは毎日来るよ」

『……本気で言ってる？』

「ああ、たぶん本気」

これは新しい信仰の一種だった。信仰とは、何かを棄てるということ。疑念を、警戒を、ノイズを、思考を、それらすべてを棄てて、たった一つのものを〝信じる〟ことにして、それ以外のものを忘れるということ。なんて便利な選択肢なんだろうと思う。悩みを解決するんじゃなくて、悩みそのものを消してしまえる。だから母親のことが嫌いだった。

返事がないので土に視線を落としたら、愛美の眼球が心配そうにおれを見ていた。

『良平だって、卒業したらもう来られなくなっちゃうでしょ』

「掘って持っていく」

『どうだろう。木ごと持っていかないと無理かもよ』

「じゃあそうする」

愛とは、永遠に続く執着のこと。信仰とは、それ以外のすべてを棄てること。信仰はひとつの悪だと、おれはそう思っていた。

『じゃあ、ずっと一緒だね』

おれにとっては呪いに聞こえて、愛美にとっては約束に聞こえるその言葉は、たぶん嘘にはならない。まるで、五歳のおれに対して母親が『ずっと一緒だよ』と言ったのと同じくらい、滑稽《こっけい》でバカらしくて、でも純粋で悪気のまったくない、愛情がこしらえた一節。嘘になるのが本当だったはずなのに、呪いのせいで約束になる。

「ずっと一緒だ」

おれは名の知れぬ木の幹を撫でて、その下で蠢《うごめ》いている愛美の頰を踏んだ。

グリーンベルベットの背骨

青井井蛙

1

灰の中を掻き分けて最後に残った喉仏《のどぼとけ》の骨には、楕円《だえん》の茶色い粒が付着していた。

「あら、お種が」

収骨室に居たのは私と担当者の鈴森《すずもり》さんの二人だけだった。名前のとおり鈴の音を思わせる澄んだ声が室内に響く。

種だと言われれば、それは確かに植物の種子に見えた。千度以上の高温で焼かれた骨は真っ白で、その中にぽつんとある種は、かつて誰かの口元にあった黒子《ほくろ》を思い出させる。

私が見慣れない異物に放心している間、鈴森さんはこの火葬場のベテランだけあって、さっと黒塗りの小箱を用意していた。中には雲のような真綿が敷かれている。

「そっとこちらに」

言われるまま、箸を動かす私の指先は震えていた。

「真新しい土を、骨が埋まるくらいの高さに被せて。水は霧吹きで湿らす程度に。いっぱい掛けると土が流れてしまうからね。二、三日したら芽が出てくるはずだから、ちゃんと根づいたら少しずつ水分をあげるの」

「鉢植えがない」と言ったら、鈴森さんは白い植木鉢をくれた。「これも火葬場での決まりなの？」と尋ねたら、自分で買ったまま使っていない鉢だったらしい。

「白い植木鉢に赤い薔薇《ばら》、素敵だと思ったんだけどね」

ホームセンターで買って車の後ろに積んだまま忘れていたという鉢は、アンティーク調の彫りの部分に薄《う》っすらと埃《ほこり》が溜まっている。鈴森さんは雑巾で拭《ぬぐ》って輸送車に乗る直前に手渡してくれた。

「水じゃなくていいのよ」

「えっ」

「好きだったものをあげてね。そのほうが喜ぶから。だから水じゃなくていいの」

何を、と問う前にドアが閉まる。

「これも巡り合いよ。大切にね」

窓越し、しっかりと紅を引いた唇がそう動く。車は見慣れぬ街を走り出した。


窓辺に新聞紙を敷き、貰った植木鉢に土を流し込む。それから大切な儀式の一環であるかのように、黒塗りの小箱から骨を取り出して手のひらに載せた。

普段は柔らかい皮膚の、肉の下に隠れていた物だ。仏の姿に例えられるから喉仏、と聞くが、どちらかというと昔どこかで見た鮫《さめ》の骨格標本に似ている気がする。狩りの象徴である鋭い歯を残した標本は、死んでもなお獲物を嚙み千切ろうと生きているのではないかと錯覚した。

種はどういう訳か骨に密着して揺らしても落ちなかった。

これを収めていた兄の喉が、かつてどういう声を発していたか思い出せない。低くて、ぼそぼそと喋っていた気がする。そしていつも兄を思い出そうとすると、怒った顔が思い浮かぶ。だから過去を振り返るのは億劫《おっくう》で、一つだけ零《こぼ》れた涙は沈む夕日の眩しさのせいだった。

土を被せ終えた頃には、室内は暗色とともに冷気が漂い始める。朝一番のほうが良かっただろうかと思いながら、土で汚れた指先をカーテンの裾《すそ》で拭った。

「お兄さん亡くなったんだって。ご愁傷様《しゅうしょうさま》」

休憩中、パート主婦の一人に声を掛けられる。女だけの職場は楽でいいけれど、話のネタになりそうな事柄はすぐに噂話で広まってしまう。

「ああ、ええ。急に休み貰っちゃってすみませんでした」

「いいのよ、助け合いでしょ」

「ありがとうございます」

「瑛《よう》ちゃんはね、しっかりしてるから、こういうとき助けてあげたくなるのよ。それに比べてね、本当あの人はどうなってるんだか」

話題はすぐに数ヶ月前から来なくなった余嶋《よじま》さんの話に移り、私は内心ほっとしていた。

「忙しい時期に勝手に辞めちゃってさ。挨拶の一つくらいするべきよね」

「本当。常識がないのよね。ああいう子って」

同調して頷《うなず》いたほうの口元から、甘い煙草の匂いが発せられる。一緒に休憩に入った二人の主婦は、両方とも喫煙者だった。甘い匂いといかにも煙草といった渋い匂い。煙が充満する空間で、私は賄《まかな》いの鶏肉と野菜炒めを玉子で閉じた丼を食べていた。本当は親子丼が食べたかったのだけれど、すでに彼女たちが作ってくれていたから。

「だいたい、あの人未婚でしょ。いろいろ大丈夫なの、そんなんで」

「さあね、ミルク買ってるのドラッグストアで見た人いたらしいけど」

二人が愚痴を言い合う間、休憩室は心地の好い棘《とげ》が伸びて絡まっていく。私も時折相槌《あいづち》を打つことで、同じ茨《いばら》の中に入れてもらっている。

丼の底が見えてきた頃、さすがに煙たくなってきてそっと窓を開けた。目の前は大通りで引っ切りなしに車が行き交う。そんな排気ガスに塗《まみ》れていそうな外気のほうが圧倒的に清々《すがすが》しい空気をしていた。


バイトの帰り道、コンビニに寄ってジンジャーエールを買った。普段、炭酸飲料は買わないのだけれど、火葬場から持ち帰った種が芽吹いたからだ。『好きだったものをあげてね』。鈴森さんのあの言葉が頭から離れなかった。

兄が好きだった飲み物を思い出そうとすると、大昔、子どもの頃にファミレスのドリンクバーでジンジャーエールを飲んでいた場面が頭に浮かぶ。私は子どもの頃から今に至るまでずっと炭酸が苦手で、あの喉を焼くような感覚が薄い喉の粘膜を溶かしてしまうんじゃないかと怖かった。透明なグラスに入った薄い琥珀《こはく》色に、しゅわしゅわと細かな泡が立ち上っていく。父が飲んでいたビールにも似ていて、あれを飲み出した頃から、兄は子どもである私とは違う存在になってしまったのだと思っていた。

「あ」

コンビニから出て暗闇に一歩踏み出すと、横からか細い声が上がった。聞き覚えがある気がして振り向く。

街灯に照らされているせいか、深く陰影を刻む顔はずいぶんやつれて見える。私と同じく買い物をしたのか、コンビニの袋だけを細い腕にぶら下げていた。

「あ、瑛さん久しぶり。瑛さんもここのコンビニ、寄るのね」

おどおどと視線を彷徨《さまよ》わせながら下手くそな笑みを浮かべる余嶋さんは、この季節にしては薄ら寒そうなブラウス一枚で秋風に身を震わせていた。

2

小さい頃、兄は活発で、よく私の手を引いて家の近所にある公園に出向いた。背丈ほどの雑草が生える場所があって、虫がたくさんいるから、私は本当は嫌だった。行きたくないと口にしたこともある。それなのに兄は手を離してくれなかった。公園に行くことが私のためになるのだと信じて疑わない妄信が、兄の足に取り憑《つ》いているみたいだった。

「あの、瑛さん、どうして……」

マンションの廊下で鍵を取り出すために手を離すと、余嶋さんは困ったように眉を下げた。

「余嶋さん、妊娠してるんでしょう」

ポケットの中を探りながら私が言うと、余嶋さんはまた「どうして」と零した。

「パートの人みんな知ってますよ。夜にそんな薄着で出歩いてたら心配になっちゃうじゃないですか」

「だから連れてきてくれたの？　そんな、親切に」

それだけが理由じゃなかった。あの植木鉢は今朝、芽吹いていた。今日から私はあの奇妙な種と二人で暮らさなければならない。それが嫌でバイトも居残りをして清掃を手伝っていたなんて知ったら、余嶋さんはどう思うだろう。それでも今と同じように「ありがとうございます」なんて律儀に頭を下げるのだろうか。

「ただいま」

真っ暗な部屋に、いつもは言わない言葉を投げかける。

「余嶋さん、良かったらこれ羽織って」

「あの鉢植え……」

身体を冷やさないようにと灰色のパーカーを渡したが、余嶋さんの視線は窓際に置いた鉢植えを見つめていた。心なしか今朝よりも大きくなった芽が揺れている。

「ああ、何ていうか、貰い物？　寒いの苦手な植物もあるみたいだし、よく分かんないから家の中に入れてるんです」

「瑛さんも、種を？」

相変わらず頼りない声色《こわいろ》をしている。まっすぐ見つめてくる瞳に、不思議と親近感を覚えた。

余嶋さんは手に持っていたビニール袋を胸元あたりに持ち上げ、そっと捲《めく》って中身を私に見せた。手の平に乗るくらいの土と、小さな白い骨。私はやっと、余嶋さんのお腹が薄いことに気がついた。

「小さな骨ばかりだったの。あまり残らないかもしれないって言われていたから、欠片《かけら》みたいなものばかりで、悲しくなって」

原因不明の死産だったと余嶋さんは言った。疲れた表情をしていたけれど、声に悲壮感は滲《にじ》んでおらず淡々と話す。薄気味悪いほど冷静な声色に、慎重に言葉を選びながら相槌を打った。

「それは、残念でしたね」

「瑛さんもね。そちらはどなたの？」

「兄のです。喉仏の骨にありました」

「そう。この子はね、眼窩《がんか》の中にあったの。がんか。分かる？　頭蓋骨の目の窪み」

余嶋さんが人差し指で目の周りの肌をなぞる。くっきりと刻まれた隈《くま》がより黒く見えた。

「コンビニで瑛さんを見たときね、もしかしたらって思ったの。話してみたくて、だから外で待ってたんだ」

「もしかしたらって？」

「炭酸、苦手だって飲み会で言ってたでしょ？　飲まないのに買うの、もしかしたら私と同じなんじゃないかと思ったの」

確かに前に話したかもしれない。よく覚えているなと思った。

「全然芽吹かないのよ。でも周りに育てている人がいないから、どうすればいいのかも訊けなくて。瑛さんのは？　いつ種を蒔《ま》いたの？　芽吹いたのはいつ？」

前のめりで畳みかけられ面食らったが、壁のカレンダーを見ながら焼骨の日と今日芽吹いたことを答えた。

「ああ、そうなの。この子は何がいけないのかしら」

いつ頃亡くなったんですかとは訊けなかった。疎遠だった兄が身罷《みまか》った私とは違う。我が子を喪《うしな》った衝撃は計り知れないだろう。

口振りからして兄のものより古いようではあった。

「なんでビニール袋に入れてるんですか？」

「どこかに植え替えようかと思ったの。ほら、公園とか。大きい場所のほうがいいかと思ったのだけど……困ったわ、どうしよう」

余嶋さんのつぶやきは、よく仕事中に零す言葉と同じだった。お釣りの金額を間違えて渡してしまったとき、レジの金額が合わなかったとき、洗剤が切れたとき。困ったわ、どうしよう。譫言《うわごと》のようにそう口走ってその場で立ち竦《すく》むのだ。『誰かに手を差し伸べてもらうのを待ってるのよ』。パートの主婦さんたちはよくそう陰口を言っていた。

私はいつも見ないフリをしてきた。もっとも余嶋さんはフロア接客担当、私はキッチンで調理担当だから、業務内容が異なるのも手出しできない正当な理由ではあった。

でも今は違う。二人と種が二つ。無意識なのか余嶋さんが発する重苦しい空気に、このままだと二人して呑まれてしまいそうだ。通話履歴から目的の連絡先を見つけ、ショートメールを送った。

鈴森さんの家は火葬場からそう遠くない場所にあった。コンクリートブロックを飛び出すように生える樹木は、冬も近いというのにどれも艶《つや》やかな葉を付けている。

「よくいらっしゃいました。不便でしょう、このあたりバスしかないから。最近人員が足りないとか言ってね、本数も減ったのよ。困るわよね」

通された和室からは庭が一望できる。鬱蒼《うっそう》と茂っているように思えたけれど、内側から見るとどの植物も瑞々《みずみず》しく、よく手入れされているものだと分かった。

余嶋さんはもじもじとして、一向に話し出す気配はない。仕方がないから前座にと、私はスマホで写した植木鉢の写真を見せた。

「うちのです。少しずつ生えてきたんですけど、どうでしょう？」

「ああ、良いわね、その調子よ」

「これってなんの植物なんですか？」

「さあ。私は植物の名前までは分かんないから。でも、なるようになるの。そういうもの」

鈴森さんが急須の中身を注ぐと、ほうじ茶の香ばしい香りが畳の匂いに被さった。落ち着く香りのせいか、「そんなものですか」とつぶやいた声とともに肩の力が抜ける。

「そんなものよ。水分は？　何をあげてるの？」

「ジンジャーエールを」

「ああ、好きそうだったものね、彼」

一瞬、兄のことを知っているのかと思ったが、すぐに遺影を見ていたからだろうと思い至る。

「それで、あなたのほうは？」

余嶋さんは私の家に持ってきていたビニール袋をそのまま鈴森さんに渡した。

「なかなか芽生えないから植え替えようと思っていたんです。だから」

「名前は決めていたの？」

「え、名前ですか？」

鈴森さんの問いに面食らったのか、余嶋さんは目を丸くしてから助けを求めるように視線をさ迷わせる。私は気づかないフリをした。

「あなたの子だったんでしょ。名前は？」

「……サチ」

つぶやいた声には、薄っすら涙が滲んでいるように思えた。

「女の子だったら『幸福』の『幸』で『幸《さち》』にすると、そう決めていました」

余嶋さんはそう言って、慈《いつく》しむようにお腹を撫でた。

程良く冷めたほうじ茶に口を付ける。喉が渇いていたのか、私は飲み干せてしまった。ジンジャーエールを掛けたら植物は死んでしまうだろうと思っていた。でもずっとそれを待っていたみたいに、私の家の植木鉢の土はしゅわしゅわと音を立てて私が注いだジンジャーエールを飲み干したことを思い出す。

中座した鈴森さんはなかなか戻ってこなかった。

我が子同然の種を持っていかれた余嶋さんは落ち着かなくて、廊下のほうに首を伸ばしたり、ポットから勝手に急須にお湯を注いだり、そわそわと忙《せわ》しない。

ようやく戻ってきた鈴森さんの手にビニール袋はない。代わりに、バケツ形のずっしりと重そうな植木鉢を抱えていた。

「ほら。ここにね、あるでしょう。お骨が」

不安そうに鉢を覗き込む余嶋さんに、鈴森さんは太い指で土を少しだけ掻き分けて見せる。白い破片が見えると、余嶋さんはほっと胸を撫で下ろした。

「これはね、特別な鉢植えなのよ」

「特別な鉢植え……」

余嶋さんは放心してつぶやく。

「そ、乳幼児みたいな小さい子はね、まだこの世を知らないから。だから少しだけこっちが手助けをしてやらなきゃいけないの」

「まあ、そうだったんですね。私なんにも知らなくて」

「いいの。それからね、芽吹いたら水をあげなさい。土を乾かさないように。でも直接掛けてはダメよ。繊細だから、傷ついてしまうの」

「あの、好きな物じゃなくていいんですか？」

確かに、私のときはそう言っていたはずだ。

「あなたは何を用意していたの？　ミルク？　ああ、赤子だから。でもね、その子はまだこの世に生を受けていなかった。そういう子はね、人工物じゃなくて、まず水を欲しがるものなの。それから、ちゃんと日が当たる場所で育てなさいね」

「そうだったんですね。ああ、私何もかも知らなくて……ありがとうございます。本当に、どうお礼を言ったらいいか」

「いいのよ、別に」

照れたように手を振る鈴森さんの前で、瞳を潤《うる》ませた余嶋さんは土下座せんばかりの勢いでお礼の言葉を口にしていた。

3

種を育てる者同士で情報共有をしようと連絡先を交換したけれど、あれから余嶋さんからの連絡はなかった。

窓際の芽はすくすくと育っている。葉もしっかりとした形ができてきて、なんの植物か調べたら分かるだろうけど、私はそれをしなかった。

思えば、兄が生きていたときからそうだった。今は何をしているのか、最近の調子はどうだとか、連絡一つで拭えたかもしれない不安を、私は見ないフリを続けてきた。続けているうち、本当に見なくてもどうでもよくなっていった。薄情と罵《ののし》られるだろうと恐る恐る恋人の稔《みのる》に打ち明けたら『異性の兄妹なんて特別仲良くなかったらそんなもんでしょ』と実にあっさりとした返事をされ、許されたことに安堵した。

「いつからだろうね、たすくん」

たすくん。昔は兄の名前『祐《たすく》』を捩《もじ》ってそう呼んでいた。いつからだろう。名前を呼ばなくなって、背が高くなって目線も合わなくなって、食べる物も違ってきて、通う場所も変わって。家族の中で誰よりも一番近かったはずなのに。お兄ちゃんと呼びかけることもなかった。真っ先に家を出ていって、私の前から居なくなった。まさかまたあなたとこうして一緒に暮らすことになるなんて。

ペットボトルの蓋《ふた》を捻《ひね》ってジンジャーエールをどぼどぼと注いでいく。炭酸の泡が弾ける瞬間、土を巻き込んで沸騰《ふっとう》する溶岩のように穴が空いた。残りは自分の喉に流し込む。やっぱり、痛くて苦手だった。

それからしばらくして、驚いたことに、余嶋さんはアルバイトに復帰していた。以前までのおどおどとした態度は見られず、出勤時、休憩室に入るなり「ご迷惑をおかけしました」と深々と頭を下げていた。「ゆっくり休めたのね」とか棘のある言葉を投げかけられても、死産であったこと、体調が芳《かんば》しくなくて療養していたことを、その都度丁寧に説明している。その姿は、それまでの余嶋さんとはどこか違った。さすがに文句を言っていたパートの人も同情したらしく、「あんた、大変だったのね。体調悪かったら言うんだよ。少しくらいなら手伝うから」と余嶋さんの細い肩を叩いていた。

「瑛さん、ねえ、一緒に帰りましょう」

帰り際、ロッカー前でそう囁《ささや》いた余嶋さんの声は、どこか活《い》き活きとして弾んでいた。

「いいですよ」

羽織った上着のジッパーを閉めて鞄を取り出す。

もう十二月も近い。夜道の風は冷たくて、ポケットに両手を入れて縮こまりながら二人で歩いた。

「瑛さん、種はその後どうですか?」

訊かれたので、様子を窺《うかが》いながら順調に育っていることを伝えた。余嶋さんは「そうですか」と微笑《ほほえ》んでいる。口調に、仕草に、以前はなかった余裕を感じた。

「もしかして、余嶋さんの種も芽吹いたんですか？」

「そうなんですよ。しっかりと、ふっくらした芽が見えてきたの。鈴森さんに訊いたら、直射日光を浴び過ぎないように、でも日陰にならないようにってアドバイスをいただいて。水やりも、言われたとおり土を乾かさないように気をつけているんです」

余嶋さんは嬉しそうに語る。その応えに私は驚いた。職場でもあまり積極性のない彼女が、自ら鈴森さんに連絡を取っていたなんて。種が、彼女を変えたのだろうか。

「順調にいけば二月頃に花が咲きますって。どんな花なんだろう」

「それは楽しみですね」

「ええ。私本当はあの日までずっと死のうと思ってたから」

何気ないことのようにつぶやいた余嶋さんは笑っていた。あの日と聞いて、コンビニの棚に規則正しく並んだジンジャーエールのラベルを思い出した。

「今は花が咲くのが楽しみで仕方がないの」

種は余嶋さんにとって、生きがいになったようだった。

アロカシア・グリーンベルベット。それが、私の部屋で成長した植物の名前だった。

調べたわけではなく、出かけた先のデパートでたまたま知ってしまったのだ。北欧調の家具や小物を取り扱う雑貨屋の、リビングを模《も》した展示コーナーにそれはいた。ご丁寧に名札を背負って。狐《きつね》のお面に似た形の大きな深緑の葉と、表面に走る真っ白な葉脈。全体的に艶やかで隙がなく、プラスチックでできた造花のような植物はあまりにも特徴的で、何度見ても私の部屋の植物と同じものだとしか思えなかった。

『なるようになるって言ったでしょ。これも何かの縁だと思いなさい』

育った葉の写真を送ると、鈴森さんは電話口でそう言った。縁って言ったって、部屋がお洒落になる観葉植物と兄との共通項なんて思いつきもしない。

その雑貨屋で大きなクッションを買った。グリーンベルベットの横に展示されていた、大きなスライムが半分溶けたみたいな、てろんとしたビーズクッションだ。仕事から帰って倒れ込んだら、疲れが取れそうだと即決した物だった。

「まあ、これも何かの縁、何かの縁だからね」

クッションは大きな段ボール箱に梱包《こんぽう》されていた。サイズを考えたら当然なのだけれど、そのときは捨て方に困ってしまい、しばらく窓際に立てかけて陽の光を遮っていた。

4

正月は夜勤になりそうだと稔から連絡があった。二十四時間緊急対応を受け付けるコールセンター業務だから仕方がない。『三が日の出勤分は特別手当が出るから。美味しいもん食べに行こう』。肉の絵文字が付いたメッセージに、寿司の絵文字を添えた返信を送り返してやった。

日に日に大きく育っていくグリーンベルベット。それを眺めながら、大きなクッションの上で新年を迎えた。一時期この手の物は人をダメにする何たらと話題になっていたが、言い得て妙だと思った。寝そべればそのまま受け止めてくれる。眠ってしまえば、変な体勢のせいで腰が痛くなって目が覚めた。

薄暗闇の中でスマホの画面が点灯している。『夜勤終わった。あけおめ』。猫のキャラクターのＧＩＦ画像と一緒に、砕けたメッセージ。何となく、夜明けの仄《ほの》かな光に照らされた窓辺の鉢植えを撮影して『ことよろ』の四文字とともに送る。三十を過ぎた大人二人が送り合う年賀の挨拶にしては、ずいぶんと適当だった。だけどこの稔の適当さが私は好きだった。

何となしに画面を見つめていると、突然バイブレーションが鳴る。珍しく電話の着信だ。稔はコールセンター業務で電話を掛けまくるから、プライベートでは通話は嫌だと言っていたくせに。

「電話なんかどうしたの。あ、あけましておめでとうございます」

『あけましておめでとうございます。今年もよろしくね。で、何あの写真、ビックリしたんだけど』

ああ、そういえば、まだ鉢植えのことは稔には言ってなかったっけ。どこから説明すればいいだろうと考え、ちょうど良く端的な言葉を持ち合わせていたことに気づく。

「家族」

『は？　ああ、ずいぶんとみどりみどりしいお顔で……』

「みどりみどりしいって何よ」

適当な言葉に笑い合って、空腹だったことに気がついた。「焼肉行っちゃう？」『さすがにきつい。明日はどうでしょう』「オーケー」

電話を切ってから、寿司でも良かったかなと思った。たぶん、そろそろ同棲《どうせい》をしようかという話になるだろう。実は以前そういう話は出ていた。ただ、兄のことがあって先延ばしになっていたのだ。

腕をだらりと垂らし、わずかに湾曲《わんきょく》して伸びるその植物を見つめる。もし稔と一緒に暮らすことになったら、この鉢植えごと受け入れてもらえるだろうか。家族だと、自分の口から出た言葉に今さらながら驚いていた。


少しだけ上等な牛肉を焼きながら、春過ぎを目途《めど》に引っ越そうという話になった。互いの事情というより、引っ越し料金が安い時期を見計おうという点で意見が合致した形だ。

「稔、エリンギ焼けたけど。皿入れとくね」

「ありがと。うーん、ではこういうのはどうでしょう」

煙の中、稔から提示される物件情報は、どれも広めのバルコニー付きの部屋ばかりだとすぐに気がついた。

「実はあの鉢植え、兄の遺品みたいなもので」

網の上で脂を滴《したた》らせる肉を見つめながら、ふとつぶやく。

「いや、遺品とはちょっと違うかも。でもとにかく、どうしてか兄が私に遺した物なんだ。そんな辛気《しんき》臭い物を新居に持ってくの、どうだって話なんだけど……」

「瑛さんがそうしたいならいいんじゃないの」

私と兄が疎遠だという話をしたときと同じように、稔はあっさりと言い切り、少し焦げたハラミをじゃぶじゃぶと檸檬汁《れもんじる》に浸している。

「でも、なんであるのかよく分かんないんだよ。得体が知れないっていうか」

「でもお洒落な観葉植物だったじゃん。部屋のアクセントには良さそう」

軽い口調で、本当に気にしていないようだ。稔は続けて言った。

「気になるならさ」

「うん」

「メールとか、残ってないの？　瑛さん律儀にそういうの溜め込むタイプでしょ」

「溜め込むっていうか消せないだけ。たぶん、生存確認くらいだと思うけど、そんなのに書いてあるかなぁ」

書いてあるはずがないのだ。〝種〟は骨になって初めて生まれる。自分が死んだからといって、必ずしも種ができるとは限らないのだから。それに、生まれ育つ植物の種類だって選ぶことはできない、なるようにしかならないのだ——鈴森さんはそう言っていた。
まだ、稔にはあの鉢植えが兄の喉仏から生じたものだとは言えなかった。言えないからこそ曖昧《あいまい》な表現になってしまい「うーん、なんていうか」「悩むくらいならさ、読むか捨てるかしてみなよ、メール」。結局、そんな話にまとまった。

メールは少しずつ開封して読むことにした。目標、一日一通。一言だけのものだったら二通。しんどかったら一回休み。稔は決して強制してこなかったけれど、それが二人で新しい生活を始めるための通過儀礼のような気がして、何とか目と指を動かした。
『あきらくんへ
母さんの遺品の中から料理ノートが出てきました。たぶん読みたいでしょう。僕はコンビニか冷食がご馳走なので。今度郵送します』
『あきらくんへ
母さんは父さんと同じ場所に眠らせることにしました。母さん側の親戚が小うるさかったけど、あの二人は同じ布団で寝てたからね』
『あきらくんへ
忙しいところ葬儀に参加してくれてありがとう。母さんも久々に会えて喜んでいました。僕も嬉しかった。来週、遺品整理を行います。もし予定がなかったら』
幼い頃、兄は私を『あきらくん』と呼んでいた。私が兄を『たすくん』と呼んだのと同じ。親から与えられた名前じゃなくて、私たちは私たちだけの特別を分け合った。

直近の連絡は全て、三年前に亡くなった母に関する連絡事項だった。

そういえば、母は種を遺さなかったのだろうか？　いや、父のときも母のときも、そんなものはなかったはずだ。私が見逃していたとしても、兄か葬儀業者のスタッフが気づいていただろう。

どうして兄は〝種〟を遺したのだろう。

窓辺で揺れるグリーンベルベットを見た。ずっとメールに目を通しているうち、いつのまにか部屋は薄暗くなっている。葉の深い緑は夜に溶け込んで、白い葉脈だけが骨のようにぼんやりと浮かんでいた。


二月が過ぎ、アルバイト先は就職のために引っ越す大学生が二人辞めて、一段と忙しさが増した。夜間のシフトを中心に入るようになったから、朝から昼間を担当する余嶋さんとは長いこと会えていない。

『花が咲きました』

そんな中で余嶋さんから久々に送られてきた写真には、菊や蒲公英《たんぽぽ》に似た黄色い可愛らしい花が写っていた。葉はシダのような細い線を束ねた形をしている。何という花なのだろうか。鉢植えを持った余嶋さんは、心なしか頬《ほほ》がふっくらとして顔のパーツが蕩《とろ》けそうな笑みを浮かべていた。

鈴森さんから電話が来たのも同じ頃だった。

「そろそろ植え替えの時期だと思ってね。あなた、鉢を持ってないって言ってたでしょ。うちにはいっぱいあるから、よかったらうちでやりなさいな」

確かに、グリーンベルベットはもう小さな白い鉢では窮屈そうだった。


無数に枝分かれした記憶をたどっていくように、あるいは落ち葉を拾いながらあの枝から生えていたのだとピースを嵌《は》めていきながら、一通一通、兄からのメールを読んでいった。グリーンベルベットの横には、空《から》のペットボトルが溜まっていく。

『あきらくんへ　君が生まれる前、僕はずっと弟が欲しかったんです。だから、本当は瑛ちゃんって可愛い名前があったのに、ずっとあきらくんと呼んでいました』

私と兄の間に、決定的な何かがあったわけではない。ただ、これが根っこだったのだと思う。兄はきっと、自分の背中を追う弟が欲しかったのだ。両親もきっと少しだけその気持ちを汲んで、私の名前を付けたのかもしれない。

ジンジャーエールを注ぎながら、暖房の風に揺れている葉に話しかける。

「本当は虫が嫌だったんじゃないって、知ってたんでしょう」

葉の動きがピタリと止まる。沈黙が答えだった。

決定的な何かは、兄との間にあったのではない。私自身だ。

初めは、本当に虫が嫌だった。小柄な身体では伸び放題の雑草は背よりも大きくて、時々聞こえる得体の知れない鳴き声や、肌を掠《かす》めるように飛んでいく羽が本当に悍《おぞ》ましくて嫌いだった。だからあるとき、私は兄の手を振り切って一人で帰ろうとした。

当時は知らなかったが、あの公園には時々不審者が徘徊《はいかい》しているという噂があった。男は昼間からビールを飲んで酔っ払っていて、近所では噂になっていたらしい。

「手を、離さなければよかった」

何があったのか、ちゃんと思い出せない。男に缶から直接苦い物を飲まされ、頭が痛くなって。どうしてか、最後には怒った兄の顔が浮かぶ。

「怒ってたんじゃなかったんだね」

いま思えば、あれは怒っていたのではない。泣いて、顔をぐしゃぐしゃに歪《ゆが》めた顔だった。

あれから公園に行くのが怖くなった。でも恐怖の根源を思い出したくなくて、虫のせいだと思っていた。

未だに女性ばかりの職場でしか働けない。炭酸も飲めない。同性しか愛せないことが心苦しくなって、実家とは疎遠になっていった。

一方、兄は足繁く実家に通っていたようで、逐一報告をしてくれていた。疎遠にして両親の世話を丸投げしたのに、送られてきたメールや手紙には、私を責める言葉は一つも出てこない。

母の死に目に会えなかったことは、ずいぶんと後悔している。兄からの連絡が入っていたのも、実は気づいていた。それでも差し迫った事態だとは思えなくて――そう自分に言い聞かせて、結局私が実家に帰ったのは母の葬儀の日だった。葬儀のときも私たちはほとんど会話をすることはなかった。

家を出ていってくれたのだってきっと、兄の優しさだったのだろう。頭の良い人だったから、地区内の偏差値が高い高校でも十分入れただろうに、彼はわざわざ遠くの全寮制の高校に入学した。

「ちゃんと話せばよかった」

もうそろそろ眠らなければ。朝陽が、強制的に眩しさを運んでくる前に。

グリーンベルベットの葉が揺れている。その葉脈は背骨のようにくっきりと伸び、柔らかい内臓を守るための肋骨《ろっこつ》を広げていた。いつか、私の手を引いて前を歩いてくれた、大きな背中を思い出す。葉は、陽の眩しさを遮って心地好い温《ぬく》もりだけを私に与えてくれる。自然と瞼《まぶた》が閉じていった。

5

昼頃になってチャイムを鳴らした。鈴森さんは臙脂《えんじ》色《いろ》のダウンコートに身を包んで庭先から顔を出す。そのまま、庭に案内してくれる。

庭の植物は少しも変わっていなかった。不思議なことに、以前余嶋さんと訪問したときとそっくり同じ景色に見える。花の位置一つ、色の割合まで全て。

「種に気づかない人もいるのよ。気づいても薄気味悪いって見向きもしない人も。そういう種を持ち帰ってね、私が芽吹かせて話を聞いてあげるの」

「それも鈴森さんの仕事の一つなんですか？」

「まさか。タダ働きよ。ボランティア。まあ、うちの人は賑やかなのが好きだったからね。いいんだけども」

「話を聞くって、なんの？」

「そりゃ、植物のよ」

「花言葉みたいなものですか」

「花言葉ぁ？」

鈴森さんはけらけらと腹を抱えて笑った。

「あなたねぇ、そんなこと言ったら赤い薔薇の花言葉ってなんだか知ってる？『情熱』よ。あとは愛とかね、猛烈な恋とかそんなの。あの人がそんなこと言うように見える？そんなわけないでしょ。結婚記念日ですら愛してるも言わないただのおじさんだったのよ」

庭の真ん中には、真っ赤な薔薇が咲いている。和室の奥の仏壇には人が良さそうな笑みを浮かべた男性の遺影があった。数十年連れ添ったという鈴森さんの旦那さんだ。

「じゃあ、なんでその植物になるかって意味はないんですかね」

「さあ、意味なんて分かんないわよ」

鈴森さんと協力して、白い植木鉢からグリーンベルベットを土ごと抜いていく。根っこを傷つけないように、慎重に。

「どうして、種を遺す人と何も遺さない人がいるんでしょう？」

「それも分からないって言いたいとこだけど、長年骨と遺族の方を見ているとね、だんだんと分かるようになってくるのよ」

「本当ですか？」

「あ、ちょっと後ろ、そこ咲いているから踏まないで」

「え、ごめんなさい」

とっさに後ずさっていた足を止める。「セーフよセーフ」と鈴森さんが両手を広げていた。

ふと見下ろすと、前に来たときは暗くて気づかなかった、黄色い花が咲いている。

「あ、フクジュソウ……」

私がつぶやくと、鈴森さんはしっと口元で人差し指を立てた。

余嶋さんの鉢植えに咲いたフクジュソウ——貰った写真から調べたのだ——が開花するまでは、本来ならば数年は掛かるという。そもそも種から芽吹かせるのも時間が掛かり、発芽率も低いそうだ。

あのとき、中座した鈴森さんは本当に余嶋さんから受け取った種を植えただけなのだろうか。そもそも、余嶋さんの骨には種があったのだろうか。

「何かになりたかった人間ほど種を遺す」

「え？」

「ほら、手を動かして。さっきの続きよ」

鈴森さんは大きな植木鉢に根っこを仕舞い、隙間部分には新しい土を埋めながら続けた。

「だからね、植物に意味があるとしたら、その人がなりたかった姿なんじゃないかしら」

新しい鉢植えに引っ越したグリーンベルベットは、大きな葉を輝かせた。私の部屋をお洒落にしてくれた観葉植物も、こうして植物仲間に囲まれているほうが活き活きとして見える。

鉢植えは引っ越しの間、一度鈴森さんに預かってもらうことになっていた。でもついさっき、庭を見てここに植え替えようと決めたのだ。決して疎《うと》ましいとか、邪魔だとかそういう訳ではない。きっとそれは兄も分かってくれているだろう。

「兄に恋人見られるってちょっと恥ずかしいから。お互い心の準備ができたらさ、紹介するね」

そう話しかけながら、最後のジンジャーエールを半分、グリーンベルベットに飲ませてあげる。

風が吹いて周りの植物たちがざわついた。新入りにここでのお作法を教えているのかもしれない。

「じゃあ、その子をお願いします」

「たまには遊びに来なさいね。免許取ったら便利よ。車で来なさいな」

「ええ、そうします」

名残惜しく思いながら一度振り返ると、一番大きな葉がお辞儀をするように垂れた。行ってきます。その背骨に返事をして庭をあとにする。いずれ来る春を感じさせる陽光が暖かすぎたので、道すがら残っていたジンジャーエールを飲み干した。

タイポグリセミア　本條七瀬

1

規則正しく並ぶダウンライトが、まどかにソル・テイが着ていたトレンチコートを思い出させた。

それは、彼が３ｒｄアルバムでカムバックした初日に着用していた特注の衣装で、春の湖の中から生まれたみたいに美しく儚《はかな》い色をしていた。ラベンダーベージュの長い髪が、花風に吹かれてシャラシャラと輝き、世界中のあらゆる光が彼一人に注がれていた午後。ソル・テイは、神様からの祝福を受けているように見えた。

美しい記憶は、まどかの身体に染み込んでいるのでいつでも自由に取り出し可能であるが、持続効果はあまりなかった。

まどかはダウンライトから目を離し、こめかみをギュッと押して、溜息とともに目を開ける。傍にあるのは、ストライプ柄のソファ席や不健康な色のジュースが並ぶドリンクバー、陽気な配色のグランドメニューだった。現実は何も美しくない。悲しみは消えないし、左手の薬指はケガをしたままだ。まどかは、目の前の男に向き合わねばならない。

男は、今年二十六歳になるはずだが、こうして向かい合うとずいぶんと若く見えた。バイオレットのナイロンパーカーを着て、肩まである金髪をハーフアップにし、メデューサがモチーフのネックレスをつけている。

男は、まどかを気にかけることなく、黙々と食事をしていた。柔らかく煮込まれたブロック肉、こんもりと盛られたライス、その上のキュウリとトマトのピクルス。男は、それらをルーと一緒にミキサー工場のマシンのように混ぜながら掻き込んでいる。シェフの気紛れビーフカレーとドリンクバーセットで千四百八十円。この男を『大好物のカレーを奢《おご》る』という名目の下、一時間の約束で呼び出したのだから、今は耐えるしかなかった。

まどかは腕時計を見た。文字盤にGG柄が入ったグッチのクォーツ時計は、高校の入学祝いに両親からプレゼントしてもらったもので、特別な日にしかつけないお気に入りだ。残り四十二分。果たしてその時間が二人にとって長いのか短いのか適当なのかは分からないが、男がカレーライスを完食するまでは自動的に減っていくだけの時間である。まだ何も手にしていないのに、減っている実感だけが生々しく確かなことにまどかは慄《おのの》いていた。そして、懐かしいと思った。この得体の知れない不快な違和感は、男のインスタグラムを発見したときと同じ。

そのトップページには、何の変哲もない風景でありながら、まどかにとっては圧倒的な既視感《きしかん》をともなう写真ばかりが並んでいた。体温がゆっくりと下がっていくような気味の悪い感覚と嫌な予感がした。それからまどかは、頻繁に男の投稿を確認するようになったのだ。

ガラス窓の向こうで、道路沿いに植えられたポプラが飴色《あめいろ》に輝いている。あらゆる形の乗り物が往来する交差点の分岐に、まどかは一匹の犬を見つける。その犬は黒い耳を持つブチで、こちらをじっと見つめているようだったが、その姿は絵画みたいに現実味がなく、本当に存在しているのかどうかが曖昧《あいまい》だった。

まどかは、ソル・テイがオリジナルコンテンツの配信で、『三十五歳になりたい』と言っていたことを思い出す。彼の腕の中には愛犬のサポがいた。ソル・テイは、サポの頭を撫でながら母国語のあとに『I want to be 35 years old.』とも言った。つぶらだけど切れ長の目で。三角にとんがった愛らしい鼻先で。薔薇《ばら》の花びらみたいな唇で。ソル・テイは、この世界の誰よりも三十五歳になりたがっていた。Tiny（彼らのファンネーム）の一人が、『どうして三十五歳なの？』とコメントしたときに、ソル・テイが何と答えたのかをまどかはどうしても思い出せない。諦めて目を閉じ、美しい記憶の中へ手を伸ばす。すぐに愛らしい目で笑うソル・テイが見えた。

センイルライブ（バースデー配信）のときだ。ソル・テイは色とりどりのバルーンアートに囲まれて、顎《あご》の高さまであるデコレーションケーキにフォークを入れていた。上手く切り取れなくて苦戦している姿にファンから応援コメントが送られていた。Supreme のグレーのパーカーを着ているすっぴんの彼は、パフォーマンスをするときの派手さや華やかさが影を潜《ひそ》め、特別なことは何もないような、普通の好青年になる。

まどかは、そんな彼の無垢《むく》な笑顔を見ていると、まるで息子の幸せを願う母親になったような気持ちで『この子の笑顔を守りたい』と強く思うのだった。

「ファミレスって、タイムマシーンみたいだよね」

まどかがソル・テイのことを考えていると、男が話しかけてきた。減っていくだけの時間にストップが掛かる。男が食べ終わるのをずっと待っていたはずなのに、思いがけないワードが聞こえたので、まどかは少し身構えた。

「ファミレスに居るとそう思うんだ。ほら、外を見てよ。色んな人種が笑ったり、手を繋いだり、スマホで話したりしながら歩いてる。そのままじっと見てて。ほら、だんだん偽物に見えてこない？　何度も再生されてる動画みたいに見えない？　君は、彼らが本当に生きてるって思える？　信じられる？　そんな保証どこにもないんだよ」

まどかは顔をひきつらせながら男に顔を向けた。

男は、真剣な目をしている。

「でも、これだけは確信を持って言える。今あの人たちが過ごしている時間と、ファミレスの中に居る俺たちの時間は、同じじゃないんだ。時間の流れがまったく違う。普段は、そういう目に見えないものって忘れがちなんだけどさ、否応なく気づかされるんだよね。思い出させせられるっていうかな。ファミレスにいると」

男は、一息入れてから念を押すように言った。

「こんなことは、ファミレスに居るときだけなんだよ」

ここから宗教の勧誘でも始まるのかなとぼんやり思いながら、まどかは半透明になったレモンスカッシュをストローで吸った。ズズズと音がして、変な形の氷がグラスの中で揺れる。よく分からない話に時間を費やしたくはなかったが、まどかは男の話を否定することができなかった。世界が、おそらく他人のそれとはまったく違うものになった経験がまどかにもあったのだ。

2

二〇二二年の夏。軽快なラップを奏でたアドトラックが大通りを通過しているとき、まどかは横断歩道の前に立っていた。

馴染みのない外国語の曲に反応して顔を上げると、トラックの背面広告に写る男性と目が合った。それが、ソル・テイだった。

センター分けの黒髪は、長めのボブで所々編み込まれており、中性的でアンニュイな雰囲気に引き寄せられた。気づくと、まどかは全速力でアドトラックを追いかけていた。

どうにかグループ名を確認し、スマホで検索すると、『ジャパンドームツアー開催決定』というニュース記事が目に飛び込んできた。まどかはそのままマクドナルドに駆け込み、スマホを充電しながら彼のことを調べ始めた。

ソル・テイは、まどかより五歳年上の二十二歳。ソウル出身で中学の頃からタレント養成スクールに通い、二〇一九年に大手プロダクションのオーディションでファイナリスト十二人に選ばれたことで注目を浴びた。

そのタイミングでのデビューは逃したが、彼はその後も歌やダンスのレッスンを欠かさず、空き時間で曲を作り続けていた。来る日も来る日も黙々と音楽に向き合う彼の姿に心を動かされたスタッフの一人が、社長に直談判《じかだんぱん》したことがきっかけでグループとしてのデビューに漕ぎ着けたのだという。オーディションの落選から一年半後のことだった。

ソル・テイ以外のメンバーは、養成スクールの練習生から面談を経て四人選出されたのだが、一ヶ月後には強化合宿が始まり、デビューに向けた準備が着々と進んでいった。当時のことをソル・テイは『明日が来るのが怖かった』と語っている。努力が報われた喜びよりも不安のほうが遥かに大きかったのだ。

そんな彼を癒《いや》したのはルーティンだった。毎朝食べるハニーチーズトースト。愛犬との戯《たわむ》れ、半身浴をしながらの読書。彼の心にも身体にも染みついていたいくつもの習慣は、劇的に変わり始めた彼の環境とは真逆のところにあった。

韓国デビューを果たした彼らは、シングル二枚と1STアルバムをリリースしたあと、国内を中心にツアーを行った。二年目には日本でも単独公演を行い、日本語バージョンの曲も数多く発表している。そしてデビュー三年目の夏、彼らの活躍が埼玉で暮らすまどかの下にも届いたのである。

まどかにとってソル・テイは、目が覚めてもなくならない夢や希望で、例えるなら虹色の雲や夜空に溶けた宝石のような存在だった。まどかは、ソル・テイの笑顔を見るだけで、明日も生きていたいと思えたし、彼の歌声を聴くだけで、絶対的な味方が傍に居るようなヒーリング効果を得ることができた。まどかの日常から『退屈』という感覚がなくなったのだ。それはいつまでも解けない魔法で、まどかの身に起きた初めての奇跡であり、ソル・テイに出会う前と後とでは、まったくもって別の人生であるかのようだった。

　ソル・テイと出会ったことで、まどかにはいくつかルーティンができた。毎朝母に甘いカフェオレを淹《い》れてもらい、モッツァレラチーズと蜂蜜が掛かったトーストを、手を広げたソル・テイのアクリルスタンドを眺めながら必ず食べたし、半身浴をしながら彼が薦める小説を読むようになった。週末は、ソル・テイの所属するグループのコンセプトカフェに行くため都内に出かけ、彼らが来日時に訪れた場所への聖地巡礼も欠かさなかった。

　ソル・テイのことを調べるうちに、他のメンバーのことも少しずつ知っていった。ソル・テイとそれぞれの関係性や、彼らの歴史について多くのファンが動画を作ってくれていたのでありがたかった。

　ソル・テイが最も信頼を寄せていたのが、同い年のミンジュンだった。初めてできた親友なのだとインタビューでも語っている。ソル・テイは、もともと引っ込み思案で、グループや集団の中にいるのが苦手なタイプだったので、メンバーたちと心を通わせることがなかなかできなかった。

　そんな中『同じ目標に向かって進むビジネスパートナー』という認識に変化が訪れたのは、デビューして半年後、ミンジュンと初めて喧嘩をしたときだったのだという。ミンジュンから『ソル・テイの作る音楽や舞台演出はとても素晴らしいけど、僕らは一緒にステージを作り上げる仲間であって、君の言うとおりに動くお飾りのパフォーマーじゃない。

ステージが完璧なだけでいいなら、ソロになれよ。応援する』と言われたのだ。

そのとき受けた衝撃をソル・テイは、「jarring」という楽曲に昇華している。タイトルは、『耳障りな』『神経に障る』という意味になる。ソル・テイは、自分の心の中にある負の感情を『耳障りなもの』として捉え、自身に対する内省を込めてこの曲を書いたのだ。尖ったトラックで激しい曲調ではあるが、キリングパートはとても美しく優しい音色で、『君の声だけが届いた』という歌詞がある。まどかはソル・テイがメンバーの一人に心を開き、互いを必要とする関係性になったというエピソードが自分のことのように嬉しかった。

彼らが韓国で賞を取ったり、日本での売上ランキングでトップ10に入ったり、ソル・テイにとって幸せな出来事が起こるたびに、まどかも一緒に幸せを蓄積していった。クラスメイトにも国内のアイドルや声優を推している子はいたが、自分に推しができるまでは、彼女らの言う『推しが今日も健康で、笑顔で、幸せならそれだけでいい』という慈悲深い感情は理解できなかった。でも出会ってから変わった。登下校も授業中も放課後もソル・テイのことだけを考えていた。この世界にソル・テイが居るだけで、まどかは空からキャンディが降ってくるようなワクワク感と多幸感に包まれていた。韓国アイドルの推し活には欠かせない『カムバック』というイベントも体験した。カムバックとは、音源リリースによる積極的な活動期間を指し、一週間以上毎日音楽番組に出演し、売り上げや人気投票によるランキングを競い合う。またミュージックビデオやダンスプラクティス動画、準備期間を追ったビハインド動画など配信もめまぐるしい。これらは韓国での活動だが、日本を含む海外のファンも、チャートに反映される韓国のショップでアルバムを購入したり、専用のアプリでファン投票に参加したりする。ランキング一位を取り、歌番組でアンコール歌手に選ばれたときの喜びはひとしおで、自分の応援が彼らの夢の実現に直結しているという実感を得ることができた。アルバムやグッズの購入で思った以上にお金が必要になったので、『大学生になったらアルバイトで返す』と約束して母親に推し活代を支援してもらっている。

Xにソル・テイの目撃情報が投稿され始めたのは、二〇二二年の冬の頃だった。二〇二三年には日本を拠点に活動することが発表された矢先のことだ。

メンバーたちは年明けから東京のどこかで共同生活を始めたようで、彼らのインスタグラムにも東京と分かる投稿が増えていった。浅草やお台場などの観光スポット以外でも目撃されるようになり、Tinyたちは彼らとの〝奇跡の遭遇〟を想像して盛り上がっていた。

そんな中、日本のTinyに向けた【拡散希望】の投稿が話題を呼んだ。まどかが見つけたときには、すでに一万以上の『いいね』が付いていた。

『Tinyの皆様。アンニョン。ソル・テイペン（ソル・テイ推し）としてのお願いです。彼らが、この一年間の活動拠点に日本を選んでくれたことは、私たち日本に住むTinyにとって神様にお礼を言いたいほどの幸運であり、誇らしいことでもあります。ただ、どうか皆さん落ち着いてください。彼らが日本を選んでくれたのは、日本のファンが多いということ以外に、私たちの「控えめで常識や節度を守る」という国民性あってのことだと思います。彼らは日本での生活にまず慣れないといけないし、どこに行っても騒がれてしまうと心の休息を取ることもできません。彼らのファンとして、日本人として、思いやりを持った行動をお願いしたいです。一年後、ソル・テイに日本で活動して良かったと思ってもらえるよう、私たちが彼らを守り、世界中の誰よりも応援していきましょう。同じ気持ちのTiny は、拡散をお願いします。』

まどかは迷わず『いいね』とリポストを押した。夕陽が交差点を橙《だいだい》色に染めていた。ワイヤレスイヤフォンからは、「my town」が聴こえていた。ソル・テイの地元で過ごした十六年間が綴られており、歌詞に出てくる『優しい夕焼けに包まれたハヌル公園』は、まどかが韓国に行ったら訪れてみたい場所だった。そんないつかの日に向けて、英語と韓国語の勉強を始めている。信号が赤になったので自転車のブレーキを掛ける。スマホを見ると、ソル・テイからメッセージが来ていた。月額六百円で推しからのメッセージが受け取れる。翻訳マークを押すと、『たくさん食べたよ』というコメントとともに、ソル・テイの自撮り写真が表示された。すぐにスクショして、スマホ内のモッパン（食べるの意味）フォルダに保存する。ソル・テイはファン想いだ。こうして頻繁にファンとコミュニケーションを取ってくれる。日常の中にこんなにも〝誰か〟がいるのは初めてだった。

するとそのときだった。まどかがソル・テイの歌声にうっとりしながら交差点を渡っていると、明るい髪の男性が道に出てきたので思わず息を呑んだ。

シルバーの短髪にシャネルのサングラスを掛けたその人は、間違いなくミンジュンだったのだ。百八十センチ超えの高身長で驚くほどスタイルが良い。カーキ色のミリタリージャケットに真っ白なマフラーを巻き、細身のジーンズを合わせていた。まどかの地元で歩くには目立ちすぎる。

まどかが感動で震えていると、ミンジュンは黒のワンボックスカーの後ろの席へ入っていった。すでに中に誰かが座っているようだ。少ししてマネージャーと思《おぼ》しき男性が大きな荷物を抱えながら出てきて、運転席のほうへ回る。どこから出てきたのか確認すると、フォトスタジオの看板が目に入った。

エンジンが掛かり、ワンボックスカーが駐車場から出ていくのを、まどかは茫然《ぼうぜん》と見ていたが、はっと我に返ると、猛スピードでペダルを漕いで彼らの車を追いかけていた。

家に帰ったまどかは、まだ先ほどの出来事が信じられずにいた。ワンボックスカーに乗っていたのは、間違いなくミンジュンとソル・テイだった。どうして埼玉にしたのかという疑問は残るが、彼らはまどかの地元の駅から少し南側にある高層マンションを仮住まいにしているようだ。オートロックではあるが、そこまでセキュリティがしっかりしているようには見えなかったので驚く。地元で高い建物といえばこのマンションくらいで、近くには開発予定のだだっぴろい空き地と公園しかない。

まどかはXを開いて、誰かが目撃情報を発信していないかどうかを確認したが、それらしい投稿は見当たらなかった。

まどかは人知れず興奮していた。もしかしたら、彼らの家を知っているのは、日本で私しかいないかもしれないと思うと、嬉しすぎて泣きそうになり、この幸せをどう受け止めたらいいのか分からず、部屋の中を行ったり来たりした。毎日、学校が終わったらあのマンションに行こう。学校がない日は、一日中あのあたりに居てもいい。会えなくてもいいから、少しでも近くで同じ空気が吸いたいと思った。もし、見かけても話しかけたりはしないと決めた。あくまでも常識や節度を弁《わきま》えて、彼らを見守るのだと誓った。

3

男はタイムマシーンについて語り終わると、腕を組みながらスマホを触り始めた。あと残り二十分ある。男に訊きたいことはいくらでもあるが、何をどう問いただせばいいのか決めかねていたので、まどかはとりあえず空いたグラスを持って立ち上がった。濁った水を流しへ捨て、新しい氷を入れる。コカ・コーラのボタンを押しているとき、ふいに気配を感じて振り向いた。ソファ席から体半分をこちらに出して、肥満気味の男児がじっとまどかを見ていた。まったく愛想がなく、目が死んでいたのでギョッとしてしまい、手を振ろうと上げかけた右手をすぐに引っ込めた。

男児の視線から逃れるようにそそくさと席へ戻ると、男はまだ同じ格好でスマホを見ていた。まどかは深呼吸をしてから声を掛ける。

「あと二十分ぐらいしかないから、単刀直入に訊いてもいい？」

「はい。どうぞ」

もう一度、小さく深呼吸。

「ソル・テイとの付き合いはどれくらい？」

「と、言うと？」

男の眼光が鋭くなったので、まどかは少しでも距離を取ろうとソファの背もたれに背中をつける。何とか質問を言い直した。

「いつから、マネージャーをされてるのかなって思って」

男は一瞬驚いた目をしたが、スマホを置いてまどかに向き合った。

「まだ九ヶ月とか、その程度だよ。日本で活動するって決まってからだね」

「なるほど」

「俺からも訊いていい？」

「あ、はい」

「君って単推しだよね。ソル・テイ以外のメンバーには何の興味もないでしょ？」

「まあ、ないですね。ほとんど」

Tinyには箱推しのファンが多い。好きになった当初は、まどかもメンバーについてある程度知識を入れたが、途中からはあえて見ないようにしていた。メンバーとはいえ、ソル・テイ以外の人間のことを考えたり、気に掛けたりする時間はもったいないと思ったのだ。自分が作り出せる全ての時間をソル・テイに充《あ》てたかった。

「いつから？」

「え？」

「いつ、俺らがあのマンションに住んでるって知った？」

男は目を細めて、低い声で言った。

「日本で活動するってニュースに出た数ヶ月後だから、二月くらい」

「早いな。凄いね、君」

そう言うと、男は軽く舌打ちをして天を仰いだ。埼玉に住み始めた当初、まだセキュリティを徹底していなかったことを後悔しているのかもしれない。

でも、もう遅いだろとまどかは苦笑いを浮かべた。今となってはあの高層マンションの周りは常に週刊誌やマスコミが張り込んでいて、ファンの一部は聖地巡礼で記念写真をアップする始末だ。

つい最近、ソル・テイに恋人の存在が発覚して、世界中のTinyからソル・テイは総叩きにあった。その中でも日本のファンは特に酷《ひど》かった。ソル・テイのインスタグラムに罵《ば》詈《り》雑言《ぞうごん》を書き込んだり、自分がどれだけ傷ついたのかを『抗議文』として所属事務所に送り付けたりした。クラウドファンディングで資金を募り、事務所前にデモトラックを送る者まで現れた。『常識と節度を持って応援しよう』と呼びかけていたあのファンですら、韓国語で裏切者を意味する『배반자』と書き込んでいたので、まどかは思わず笑った。

「謝らないからだよ」

そこで、まどかははっきりと強い口調で断言した。

「ソル・テイが、私たちを傷つけたことを最後まで謝らなかったからこうなった」

男は腕を組み直し、唇を噛み締めている。

まどかは冷たい目で男を見つめながら、この男は、あの夜のライブ配信をどんな気持ちで見ていたのだろうと思った。

4

二〇二三年九月十四日の深夜二時。Tiny限定のライブ配信チャットに、突然ソル・テイが現れた。熱愛発覚後、初めての発信だった。

まどかはクッションの上に正座をし、どんなに小さな変化をも取り逃さないよう神経を尖らせながらソル・テイを見ていた。ソル・テイは青色のバケットハットを目深に被り、右手に持ったスマホを見つめていた。開始一分で視聴者数が十万人を超えていた。

チャット欄がTinyからのコメントで埋め尽くされていく。ソル・テイへの愛が洪水のように溢れていた。『ソル・テイ、何があってもあなたを愛するよ。』『元気ですか。』『ずっとずっと待ってた。』『苦しくない？　大丈夫？』『あなたを応援します。』『顔が見られて嬉しい。』『最も美しい人。』『あなたの健康だけを祈る。』『声聞かせて？』『ホッとして涙が出てきた。』『あなたが生きてるという事実だけで明日も生きていけます。』『今日何食べたの？』『休暇も必要だよ。』『無理しないで。』『生まれてくれてありがとう。』『あなたは一人じゃない。』『いつも笑顔でいてほしい。』『あなたは、私の全て。』英語。韓国語。日本語。インドネシア語。様々な言語が混在している上に、暴言やヘイトを表す絵文字まで顔を出しているチャットはまさに地獄絵図だった。

このようなことは以前からあったが、炎上の影響で凄まじい数の新しい虫が湧いているようだ。アンチは、ソル・テイを傷つけるためなら喜んでチャット会員になる人たちなのだ。まどかの口元は緩み始めていた。自らお金を支払ってまで『人を傷つけたい』という傲慢《ごうまん》で救いようのない人間が、こんなにもたくさんいることにまどかは癒されていた。

まどかは、ソル・テイに幻滅していた。炎上後、すぐにソル・テイがファンに向かって弁明をしなかったことに怒っていた。あそこまで炎上したのにソル・テイが何も語らないというのは意外だったし、誰のためにそうしているのかと考えただけで、激しい怒りが込み上げてきた。

ソル・テイは、挨拶もしないでボーッとTinyからのコメントを読んでいたが、スッとスマホを机の上に置いて語り始めた。

『この一週間ずっと考えてたんだ。僕が、皆さんのためにできることは何だろうって。皆さんはいつも僕の体調を気に掛けてくれたり、温かい言葉をかけてくれたりする。こんな僕を愛してくれる。僕だってそう。Tinyの笑顔が見たいからずっとやってこれた。みんなのおかげだよ。Tinyを愛してるし、Tinyを幸せにしたいと思って……』

ソル・テイがうつむいてしまった。まどかは、見えなくなった彼の表情を懸命に想像したが、どうしても浮かばなかった。ソル・テイと自分の間にはっきりと空間が生まれていることに気づいた。

今回の炎上で一番苦しかったのは、ソル・テイに特別な人がいたことでも、そのことについて彼が口を閉ざしたことでもなかった。自分が知らないソル・テイがいるのだという現実に、まどかは心から傷ついてしまったのだ。それは、想定外の痛みだった。どんな人でも特定の人にしか見せない自分や、誰にも見せない内面があるはずなのに、ソル・テイがいつもTinyの前で甘えたり、悩みを吐露《とろ》したり、嬉しかった出来事の報告をしたり、時には弱音を吐いたり、愛してると笑ってくれたりするその姿が、まるで彼の全てであるかのような錯覚を覚えるほどに、その素直さと誠実さが彼の大きな魅力だった。他の人間はそうではなくても、ソル・テイだけは、世界でただ一人彼に限っては、〝私たち〟に全てを見せてくれていると、まどかは信じていたのだった。

ソル・テイがバケットハットを脱いだ。彼が泣いていないのを確認して、まどかは二度目の失望を味わった。ソル・テイがどうしてTinyのために泣いてくれないのか分からなかった。

『僕は、どうしたらいい？』

その声に、落ち込んでいたまどかは顔を上げる。さらにスピードを増してコメントが更新されていく。その間をドクロマークや嘔吐する顔文字が流れていった。ソル・テイは、それらを無表情で眺めていた。

まどかはコメントの入力画面を開けた。これまで自分からソル・テイにメッセージを送ったことはなかった。それは、まどかなりのソル・テイに対する敬意であり、礼儀でもあったので、いざコメントしようとしても躊躇《ためら》われた。

ソル・テイがカメラに顔を近づける。切れ長の大きな目がまどかを見ていた。その破壊力に倒れてしまいそうだったので、スマホを遠ざけて薄目を開ける。

『僕が死んだら、君は僕を焼く？』

ソル・テイはゆっくりと英語でそう言った。まどかは背筋が寒くなった。

『君は、僕の身体を焼くの？』

傷ついた猫のような目がまどかを捉えていた。動悸《どうき》がしてスマホを持つ手が震えていた。生まれたままの姿のソル・テイが磔《はりつけ》にされて、Tiny に焼かれるのをまどかは想像した。沸き上がる奇声は、悲鳴か歓声か。ソル・テイは深く傷ついているように見える。〝私たち〟よりも大切で愛《いと》おしい人がいるのに、〝私たち〟から愛されなくなることを世界の終わりのように思っている。

まどかは無心で指を動かしていた。勢いのまま送信ボタンを押す。

『そのときは、あなたを凍らせてあげるよ。あなたは死んでも、ずっと永遠にそのままでいて。』

ソル・テイがコメントを読んでしまう前に、まどかはチャットを切断した。

アンニョン。今日聞けなかったソル・テイの愛らしい挨拶を、まどかは脳内で再生しようとしたが、いつまでも自分の声しか聞こえない。美しい記憶を思い出そうとしても全然上手くいかなかった。

5

「約束の一時間まであと七分だけど、いつまで凶器を隠し持っているつもり？　右手に持ってるのは、錐《きり》かな？」

男は人差し指と親指でアイスコーヒーのストローを弄《もてあそ》びながら言った。テーブルの下にあるまどかの右手に力が入る。まどかが睨《にら》みつけると、男は冷酷な視線を向けてきた。

「動かないで。君の後ろのソファに座っている老夫婦も、僕の後ろに座っているスーツの男たちも、あのファミレスの店員も、みんな私服の警察官だ。俺に何かしようとしたらどうなるか、分かるよね？」

男の一言で世界の色が変わった。何の影響も及ぼさない風景だった人たちが、たちまちその存在をオープンにしたからだ。たくさんの目がまどかを見ている。いつの間にか見知らぬ人間たちの気配に取り囲まれている。どうするべきか、まどかは考えていた。

「タイポグリセミアって、知ってる？」

男はまどかの反応を見ながら愉快そうに訊いてきた。

「文章の中にある単語の文字を多少入れ替えても、その文章を問題なく読めてしまう現象なんだよね」

まどかは眉間《みけん》に皺《しわ》を寄せて不快感を示した。

「それが、何？」

「凄いよね」

「は？」

「人間ってさ、多少違っていても、自分が持ってる言葉の知識を使って、脳が勝手に文字を置き換えたり、補ったりするんだよ。だから、文章そのものが間違っていても読めるんだ。何の問題もなく」

まどかは錐を握り込んで、歯ぎしりをした。

男はまどかの顔色を窺《うかが》うように首を傾けて覗き込んでくる。ファンデーションで艶やかに輝いている男の肌には、毛穴一つ見当たらない。コットンピンクのぷっくりとした唇の端を親指で拭《ぬぐ》う仕草にソル・テイが重なる。

「ちょっと回りくどかったね。何が言いたいかっていうと、君のソル・テイへの愛は、タイポグリセミアなんだ。君がどんなにソル・テイの言葉や笑顔や人生の欠片《かけら》を掻き集めて、とてつもない愛にしたところで、それは君の願望や妄想というフィルターを通して完成するタイポグリセミアであって、君の信じているものが、美しく、正しい文章になることは永遠にないんだよ。でも、君はそれで良かったんだよね。むしろ、そのほうが都合が良かったんだ。ソル・テイを愛するのも壊すのも、テイの良い理由が作れるからね」

まどかは男をあざ笑った。

「つまり、私を捕まえるために会いに来たんだ。攻撃されると分かってて。へえ、勇敢だねー。ああ、でも警察呼んでるんだからただのヘタレか」

「誰かに見張っておいてもらわないと、殺しちゃいそうだから。俺が、お前を」

強い眼差しに視線を摑まれて動けなくなった。男の瞳の美しさにまどかは息を呑む。榛《はしばみ》色の大きな黒目に吸い込まれそうだ。圧倒的な美しさは、享受《きょうじゅ》するだけで人の呼吸を止めてしまうほどの衝撃を与えるのだ。どうしてこの男は普段、これほどの美しさを隠して生きているのだろう。まどかは動揺が伝わらないようにあえて笑った。

「愛の力だね。きっと美しいんだろうね。タイポグリセミアではない、本物の愛は」

拒絶するように男が唇を固く結ぶ。傷ついたのを確認できたまどかは男の心を壊したいと思った。

「インスタグラムの写真を初めて見たときは、びっくりしたよ。全部知ってる場所だったし、何なら私も行ってたしね。ソル・テイがその日座ったベンチ。立ち寄ったコーヒースタンド。フォトスタジオの看板。ラジオ局の駐車場。映画のパンフレット。ザ・リッツカールトン東京」

ホテルの名前をあえてゆっくりと伝えた。男の右の眉毛がピクリと動く。

「あなたを捜したいと思った。だって、絶対同じ人種じゃん。だから、ソル・テイに会いに行くたびにあなたのことも捜してたんだよ。どこに隠れてるのって、出ておいでって本気で思ってた。それなのに、あなたはなかなか見つからなかった。全然気づかなかったよ。いつもニット帽を深く被って、ソル・テイの一番近くにいる日本人マネージャーがこんな匂わせしてたなんてさ。ソル・テイは俺のものだって、世界中に知らせたかった？」

忘れもしない、八月二日水曜日二十三時十五分。ソル・テイは埼玉のマンションに帰らずに、この男とホテルに泊まった。たとえバレたとしてもマネージャーだから言い訳はいくらでもできるし、記事にされても困ることはない。だから、油断したのだろうか。人気《ひとけ》のないロビーから歩き出した二人は、エレベーターに乗り込んだあと、そのドアが閉まる直前に抱擁《ほうよう》し、熱いキスを交わした。まどかは、その一瞬をホテルの外から全部見ていたのだ。右手にはスマホが握られていた。

「ソル・テイがああいう目に遭ったのは、全部あんたのせいだよ。今回のことで、ソル・テイが歌ったり、踊ったりできなくなって、例えば自ら死を選んじゃうなんてことが起こったとしても、それは全部あんたのせいだから。私は、あんたが教えてくれた真実を基にそのきっかけを作ったに過ぎない。ずっと見てただけで、実際には手を出してないし、罪には問えないよ」

まどかは笑っていた。口角が上がり続けるのを自分の意思では止められない。どうしてここまで悪人になれるのか自分でも分からなかった。

「でも、せっかく会えたんだからさ、本物の愛とやらを教えてよ。ソル・テイはあなたを責めなかった？　今でもあなたを愛してるの？」

　男は絶句して手で口を覆った。そうして少しの間は神妙な顔を作っていたが、数分経つと何事もなかったかのようにぼんやり窓の外を眺め始めた。

　まどかに残された時間はあとわずかだ。この男は口を割らないだろう。たとえ今、まどかが男の首に錐を突きつけて脅したとしても、その唇が語り始めることはないのだろう。ソル・テイの細くてしなやかな指がこの男の髪や、腕や背中に触れて、囁《ささや》かれる愛の言葉をまどかは知りたかった。何のフィルターも必要としない世界のソル・テイの声を聴いてみたかった。しかし、それは叶わないらしいと分かると、腹の底から怒りと憎しみの感情が湧いてきた。どうして人は、本当に輝かしい瞬間を自分だけのものにしてしまうのだろう。こんなに近くまで来られたのに、突然『関係者以外立ち入り禁止』だと閉め出されたような理不尽さに気が狂いそうだった。

　まどかの中で何かがそっと崩れた。それは、バランスを失ったジェンガや倒れていくドミノのような分かりやすいものではなくて、誰にも知られることなく密かに壊れる類《たぐい》の喪失だった。

　男に変わった様子はなく、まだ窓の外を見つめている。まどかは、目の前の男と自分とでは、時間の流れがまったく違うと思った。この男はどうしてこんなにも〝自分〟でいられるのかが理解できない。

　やってらんねえ。そう思った瞬間、まどかは強烈にお腹が空いていることに気がついた。

身体が無性にホットケーキを欲していた。糖分高めで背徳感があるキラキラしたホットケーキを。きっとこの世界には、溶けたバターとメープルシロップでヒタヒタになった甘過ぎるホットケーキにしか救えない悲しみがある。

ところが、まどかが注文ボタンを押そうと腰を浮かせたら、ファミレスにいる全ての人間が同時に立ち上がった。私服警官たちがまどかに向かって突進してくるのが、視界の端でスローモーションのように見えたので、まどかは、何、私の人生ここで終わる？　と思った。

ならば、最後にしたいことは？

ベージュ色のリュックの中に、手製のミニ爆弾を仕込んでいた。スイッチを押せば、ソル・テイ作曲の「leave me」のオルゴールバージョンが流れる粋な仕様。けれど爆発音に掻き消されて、その音色は私以外の人間には聴こえないのだと思うと、まどかは恍惚《こうこつ》としてくる。気分が上がった。

まどかは宙に浮いた。両足でリュックもろとも踏みつける算段だった。リュックに付いたパステルカラーのキーホルダーやクッションチャームが目に入る。さようなら。アンニョン。

しかし、あと少しというところで、まどかは誰かに背中を蹴り飛ばされた。勢い良く床へと転げ落ちる。肘を強く打って全身に電気が走ったような衝撃を受けながら、奇声を上げて抵抗するも、両腕を取られてテーブルの上に押しつけられた。

その瞬間、目を見張った。まどかの見つめた先にソル・テイが立っていたのだ。彼の新しいスタイリングに目を奪われた。ハーフアップにした黒髪の内側にワインレッドのメッシュが入っている。黒のライダースジャケットを肩に羽織り、胸元にはゴールドのアクセサリーを身につけている。これまでで一番好きかもしれないとまどかは思った。

ファミレスのガラス窓の向こうにある、どこか遠い世界で、ソル・テイが誰かに向かって中指を立てている。木漏れ日は、溢れんばかりの透明な光を彼に降り注ぎ、まるで自らが発光しているかのように、その姿は神々しく、美しく、この世の人ではないみたいだった。

さよならの海　冬村未知

1

豊沢真子《とよさわまこ》が自殺するらしいという噂を聞いた。

聞いた瞬間に血が心臓に集まっていく音に気づく。手から心臓に向かって血が湧いている。怒っているのか、泣いているのか、笑っているのかよく分からなかった。他人事《ひとごと》とは思えない。事実、他人事ではない。

豊沢真子は私なのだ。


その日、空は紫に染まっていて、初めて見るような色だった。

今日、自分が死んだらこの空の色とともに語られる怪談になれるだろうなと思いながら、その日最後の授業である六時間目の授業を受けていた。

『豊沢真子は六月十日に自殺するらしい』という噂がクラスに流れていて、噂によって予告された日はまだもう少し先だったけど、その日はきっとこんなに紫じゃないだろうから、今日のほうがいいんじゃないかなと他人事のように考えていた。

おそらくその噂は担任の田淵《たぶち》先生の耳にも入っていて、ある日を境によく私に話しかけてくれるようになった。なんでもないような会話をしたあと三回に一回は『ま、何かあったら言ってくれよ』と不安が隠れていない目で言われていた。なんと答えていいか分からないから、『はい、まあ、なんかあったら』と曖昧《あいまい》な返事しかできなかった。

田淵先生はまだ教職について二年とか三年目らしい。私のせいでごめんね、と思う。今も、教壇に立つ田淵先生は窓の外をぼんやりと眺める私を横目で見ているようだった。私は大丈夫なのに、心配性だなと思う。あるいは保身か。教師は大変だ、とまで考えて、そのあとのことについて考えるのはやめた。

どうしてそんな噂が流れ出したのかは分からない。友達と呼べるような存在がいないことだとか、それをなんとも思っていないそうな態度だとか、そういうのが関係しているかもしれない。みんなから好かれていないことは知っていた。去年はもう少しクラスに馴染もうとしていた。できるだけ話を合わせたり、みんなを笑わせたり、みんなが嫌がることを率先《そっせん》してやってみたり。ただそのやり方はあまりにも私に向いていなくて、すぐにやめてしまった。

クラスの中に私へ向けた強い敵意があると気がついたのは、文化祭の指揮者を決めたときだ。立候補者は私一人だった。最終的に全員に紙が配られて、他薦がないか、私でいいかを投票で決めることになった。私で良ければ○を、他薦があればその人の名前をその紙に書いて出す、という指示だった。学級委員が開票して読み上げていると、『豊沢以外』という票が何票か入っていて、そこで初めて、私は嫌われているかもしれないと気づかされたのだ。

噂を流しそうなクラスメイトの心当たりはいくらでもあった。そういえば先週は上履きが失《な》くなっていた。一ヶ月くらい前には自転車の前輪に穴を開けられていた。廊下を歩いていたら、すれ違った部活の上級生に突然襟首《えりくび》を摑まれて、そのまま首を絞められたこともあった。暇なことをする人もいるもんだなと思って放っておいたら、今度は私の自殺の噂が流れてきた。全部同じ人がやっているのか、別の人がやっているのかは分からない。首を絞めてきた人とは違う気がする。直情的な人がやることではないだろうから。

その噂に従って自殺する気はまったくなかったけれど、今日の紫の空は自殺するには魅力的だなと思った。教室もどこかざわついている。いつも窓の外なんか見ずに後ろの席の佐藤《さとう》さんと話している佐々木《ささき》さんも、神妙な顔をして外を眺めていた。六時間目の授業はただでさえ疲れて身が入らないのに、全体の空気がざわめき立っていて落ち着かない。そんな噂を流してどうするんだろ、と溜息をつく。私が自殺したら困るのはあなたたちなのに。

放課後、廊下で田淵先生に呼び止められ、少し話をした。

「変な色だよなあ」とやっぱり窓の外を眺めながら彼はつぶやく。そのまま窓際に寄っていって、窓を開けて背を反《そ》らすように窓枠に上半身を預けて空を見上げた。

四階。今、先生のお腹を押してあげたら簡単に突き落とせるな、と想像する。別に死ぬ気がなくても四階から身を乗り出して、うっかり落ちれば死ぬかもしれないし、歩道を歩いているだけで車が勝手に突っ込んでくるかもしれない。犬に嚙まれて良くない何かに感染するかもしれないし、玄関から外に出ようとしたら、急に道がなくなって奈落《ならく》へと繋がっているかもしれない。

「最近元気か」と訊かれる。この人は本当に話を振るのが下手だなと思う。そんなに心配なら直接訊いてくれたらいいのに。『自殺なんてしないよな？　噂は嘘だよな？』って。『いじめられたりしてないか？』って。空の色が変だったから、もしかしたら今日はいつもから隔《へだ》てられた日かもしれない。

私はその間もずっと外を眺めている。私は質問には答えずに、逆に質問をしてみた。

「先生は私のことを心配しているの？」

わずかの逡巡《しゅんじゅん》ののち、先生は「そうだよ」と答える。

だから私は、「別に心配しなくていいですよ」と空を見ながら答えた。

相変わらず紫のままだったけれど、時間が進んでいて深い色になってきていた。あと数分もすれば空は濃紺になって、いつもの夜空になる。この町は全然好きではなかったけれど、夜、星が綺麗に見えることだけは好きだった。

「別に私は先生を困らせるつもりはないから、安心してください」

できるだけ穏やかに聞こえるように、そういうことについて何も考えていないかのように、そのことが伝わるように声を選んだ。伝わっているかどうかは分からない。いつだって伝えたいことは過分で過小になる。感覚と、思考と、言葉がイコールにならないことを私は知っている。

案の定、それを聞いても田淵先生は安心などしなかったようで、次の問いかけを探しているように空を眺めている。そうしているうちにいつもの空の色に戻り、藍《あい》が覆っていった。

「先生は、どうしたら安心してくれる？」

言いながら、このセリフは喧嘩を始めた恋人同士みたいだな、と思って笑いそうになる。そういうシチュエーションはどこかで聞いたことがある。どこだったかはまったく覚えていないけれど。何かの漫画だっただろうか。

「豊沢さんが笑ってくれたらだよ」

先生が答える。いつの間にか視線はまっすぐ私のほうを向いていた。

「何それ、私たち恋人同士ですか？」

きっと私は笑えていたと思う。

「やめろ、俺が捕まる」

そう言って先生も笑った。少しでも安心してもらえただろうか。ほら、私は冗談を言う余裕がある、全然追い詰められていない。

笑顔に安心したのか、先生は「分かった」とふっと力を抜いたように頷いて「気をつけて帰れよ」と手を振りながら職員室に戻っていく。

外はすっかりいつもの色に戻っていた。

下校しようとすると、下駄箱の周りにクラスメイトがたむろしているのが遠目に見えて、息がつまり、鼓動が速くなるのが分かった。

慌てて廊下を引き返す。どこへ行こうかと思っているうちに図書室があることを思い出した。

蔵書はわずか。『文化よ興《おこ》れ』と石碑に刻んでいるわりには、文化の象徴たる図書室はあまりにも貧相だった。普通の教室の壁を取り払って二部屋繋げたような簡素な造り。そこに人一人がようやく歩けるだけのスペースを空けて本棚が並んでいる。図書室の手前側には貸し出しカウンターと書見台《しょけんだい》があるから、実質本が並んでいるのは教室一・五部屋分もないかもしれない。ほとんどの生徒はこの場所のことを覚えていないだろう。入学時のオリエンテーションで校内施設を案内されたときに立ち入ったことがあるくらいだ。図書室の入口のドアは上半分がガラスになっていて中を見ることができるが、部屋の前を通るたび、ここにはいつでも本だけがあり、それを読む人間はいなかった。

図書室には案の定誰もおらず、電気すら点《つ》いていなかった。なんとなく明かりを点ける気になれなくて、真っ暗な図書室に入っていく。

グラウンドからはサッカー部の声が聞こえる。あちらから図書室のほうを見たら、暗い教室で人影が蠢《うごめ》いているように見えて新しい怪談ができるかと思って笑った。

真っ暗な図書室で本を読めるわけもなく、書架に並ぶ背表紙をなぞって歩く。歩きながら、私はいったい何をしてるんだろうと思って今度は泣きたくなった。今の自分は、相当に惨《みじ》めなんじゃないだろうかと思い始めるともうダメだった。鼻が急にツンとなり、涙が出てくるのを止められなかった。

泣きながら、私はこの瞬間のことはいつまでも覚えているのだろうと、半分冷静な頭で思った。そういう瞬間はこれまでも何度かあった。それらはたいてい些細な瞬間だった。家の脱衣所で着替えているなんの変哲もない瞬間だったり、空気の匂いが変わって冬が終わったのだと思った瞬間だったり、小学校からの帰り道に一人で傘を差しながら歩いている瞬間だったり、思い出というには取るに足らないような瞬間。それらと同じように、今この瞬間の光も、温度も、匂いも、感情も覚えていたいと思った。

2

家に帰るまでに泣いた跡が消え去ってほしいと願いながら、家までの道を歩いた。

家もまた、私にとって安心できる場所とは言い難い。何か虐待があるわけでもない、極めて常識的な親ではあったが、その常識が私には苦しかった。

親みたいになりたい、と屈託《くったく》なく言える子が羨《うらや》ましかった。私には人生における水先案内人がいない。いるとしたらそれは小説や漫画の中だけで、でも彼ら彼女らは私に向けて言葉をくれることはなかった。寂しさで人と繋がろうとすると失敗するなんて、誰も教えてくれなかった。

母は善人であり、彼女の正しさの尺度で善人であろうとしていた。毎日欠かさず私にお弁当を作ってくれる。彼女が必要だと思うものは惜しみなく与えてくれた。ピアノや、学習教材、小説。

その一方で、彼女の正しさに合致しない物は例外なく糾弾《きゅうだん》された。その矛先は私に向くこともあれば、同じ強さで身近ではない社会に向くこともあった。彼女に言わせれば、税金を納めるのは善良な市民の義務であり、節税をしようとするのはその義務を怠《おこた》っているということだった。

大切なのはいま自分をこの世界まで繋いでくれた先祖であり、それゆえにその存在を象徴する墓を何より大切にした。自宅にある仏壇を拝むことは毎日欠かさなかった。その姿は私の目には敬虔《けいけん》な信徒に見えたが、本人曰《いわ》く『神仏もあの世についても信じていない、自然の有り様のみを信じている』ということだった。私も同様に拝まないと食事を出してくれないということもあり、拝む対象を持たないまま、仏壇に向かってただ手を合わせていた。そのときはできるだけなんの感情も込めないように意識していた。先祖への感謝を拒否し、墓参りを断った父はいつの間にか家からいなくなっていた。

漫画やゲームは彼女が生きた時代にはまだメジャーではなく、触れたこともないものだったから、彼女の正しさの尺度に含まれなかった。含まれない物だったから禁止された。拡大や発展も彼女は悪とみなしていた。自分を養う以上にお金を稼ごうとすることは卑《いや》しいことであり、その日暮らしができるくらいのお金を稼ぐのは善だった。家電を使って楽をすることは悪であり、自分の手でできるものは自分でするのは善だった。

そういった価値観を持った母を私はまったく好きになることはできなかったが、致命的な虐待があるわけがなく、三食手作りの食事を作り、季節に合わせた服を用意し、雨漏りしない家が私にはあった。

それらをすべて振り払って家を出るには私は幼く、耐えられないというほどのこともなかった。感謝こそすれど、積極的に嫌う理由を見つけられずにいた。友人に家族関係を訊いても、なんの軋轢《あつれき》もない家庭というのはないらしく、そういうのと折り合いをつけながらやっているようだったので、私もそのようにできると思っていた。私は私自身に、彼女を心から嫌う役を演じさせることができなかった。

だから、私は他人になりたかった。私のままならなさを引き受けてくれる、あるいは分散できる他の自分が欲しかった。

3

図書室で泣いたその日、私は母と他人になってみることに決めた。惨めな自分は私が引き受ける。けれども、そのかわりに私のなりたい私を託せる誰かが必要だった。

パソコンもスマホも、母親にとっては得体の知れないものだったので自由に使わせてもらえなかった。だから、私に唯一残された手段は手紙だった。

その考えに至ったきっかけは、放課後行く当てもなく過ごしていた図書室で手に取った本だった。『長くつ下のピッピ』の作者が、会ったこともない少女と八十通以上も往復書簡を交わしていた、という記述を見つけたのだ。それまで私の生活には手紙というものはなく、それを読んだときまったく新しい世界が拓《ひら》けたような気持ちになったのを覚えている。住所さえあれば手紙は届くのだと、このとき初めて気がついた。

とはいえ、現実的な問題として手紙を書いてみたい人もすぐに思い浮かばないし、知らない人宛に本名や住所を書いて送るのにも抵抗がある。それでも、誰かに向けて手紙を書くという、悪戯《いたずら》じみた行為の誘惑は抗い難いものだった。

それならば、実名なんて捨ててしまおうと思った。手紙だ。会う必要だって、声を聞かせることだってない。現代においてあまりにも不自由なオールドメディア。だから私は自由に振る舞える可能性を感じた。

次の日、私は図書室にあったパソコンでブラウザを立ち上げ、地図サービスにアクセスした。そこから日本地図を眺めてみる。いま居る場所から遠い場所がいいなと思って、西日本にフォーカスする。それから、海に浮かんだ島が目に入り、拡大してみる。すると、さらに小さな島がたくさん浮かんでいて、私が住んでる東北の内陸とは全然違う。海に囲まれたその場所の生活に思いを馳せる。島の端に『灯台』という文字を見つけて、灯台のある島か、いいなと思う。私が見たことのない世界。木と、山と、雪と。灯台と、海と、光と。あとは感覚だった。

比較的住宅が密集しているところにピンを落とすと住所が表示される。私はその住所をノートにメモしてパソコンを離れる。まだ何もしていないのに心臓の鼓動がうるさい。たった十四年ちょっとの人生。その中で自分から何かを、社会の常識から逸脱《いつだつ》しようとしたのはこれが初めてだった。

家に帰る前にスーパーに寄って便箋《びんせん》と封筒を買った。

本当は電車で大きな街に行って可愛い物を買いたかったけれど、そうなるといつ行けるか分からないし、その間に気持ちが萎《しぼ》んでしまうような気がした。

税込二百二十円で買える飾り気のないただの白い紙に、罫線《けいせん》だけが引かれた一番シンプルな物だったけれど、他に選択肢はなかったので、無地の封筒と合わせて買った。合計四百円以下。お小遣いで、知らない世界への切符を買える。

家に帰って、すぐに自分の部屋に閉じ籠った。普段は使わない黒のボールペンを取り出して便箋に向かう。

ところが、『さて』と書き出したところで私の手は止まってしまった。手紙を送る、ということばかり考えていて、内容について何も考えていなかったのだ。

せっかく知らない人に、メッセージボトル的に書くのだからどんなことを書いてもいい。本当のことを書いてもいいし、本当のことを書かなくてもいい。年齢だって二十六歳だと書いてもいいし、先生にだってなれるし、警察官とかでもいいかもしれない。警察官だと怖がらせちゃいそうだな。あ、陶芸家とか、書道家とか、養蜂《ようほう》家とか見たことも会ったこともない、文字やテレビでしか知らない人になってもいいかもしれない。クラスの人気者にだってなれる。別の世界から来た人にだってなれるし、過去から来ても、未来から来ても、なんだっていいのだ。妖精だ、と書いてもいい。何にでもなれるのだと思うとワクワクした。

それからしばらく部屋の隅を眺めながら、今回は図書館司書になってみようと決めた。

『はじめまして』と私は書き出し始めた。『突然お手紙を出してしまいごめんなさい。驚かれたかと思います。私はY町という所で図書館司書をやっているのですが、あまり個人的な話をする機会もなく、どなたかとお話をしてみたくて、こうしてお手紙を書いてみました。』

私が私以外になることは考えていたより難しいことだった。好きに書いていいと思っていても、この人だったらこんなことは言わないだろうなとか、どういう日常を送っているんだろうか、友達は、家族は、ということを考え始めると、止めどなかった。自分の中にもう一人住まわせて、世界を作ってあげなければならなかった。

名前というのはこれまでずっと鬱陶《うっとう》しいものだと思っていた。私の『真子』という名前はどこか古臭いし、自分で付けたいように変えることもできない。でもいざ自分が人を作り出そうとすると、名前がないとどうにも輪郭がぼやけてしまうということが分かった。

真子1、真子2、みたいな感じで番号を振ればいいかと思っていたけれど、それだと私の影響が大きすぎて、人格が私に引っ張られる。名前を付けると輪郭が生まれ、そこからようやく人格が立ち現れてくれるのだ。

その夜から、何通もいろいろな所に、いろいろな年齢性別職業になりきって手紙を送った。名前を変えて、職業を変えて、性別を変えて。そのたびに、新しい人生が私の中に立ち現れて、その人生はほとんど無差別に知らない誰かに強制的に共有されていく。存在しなかった人生は、その瞬間に誰かの中に存在することになった。

自分で誰かを生み出すという行為は楽しかった。ここにいる自分から切り離されて、『在り得た』かもしれない私が知らない所で歩き回る感覚は、これまでの人生で得たことのないものだった。

ふざけたものから、それらしいものまで様々な名前を付けた。中でもお気に入りは三人だった。

更科雪子《さらしなゆきこ》。灯台下蔵市《とうだいもとくらし》。棚田樹令《たなだじゅれい》。

彼女ら彼らは性別も年齢も性格も違うのに、確かに私の中に存在している感覚があった。そういう人たちの言葉は淀みなく出てくる。雪子はフリーターで美術館の監視員をしている。蔵市は灯台守。波と星、暗闇と暮らしている。樹令は私と同じ中学生。クラスでは浮いた存在。彼女が存在としては私に最も近い。

そうやっていくつかの人格として手紙を送った。送り先も北海道から沖縄まで、一度も行ったことがない所を優先的に、見も知らない土地で暮らす人に宛てた。私が見たことがないのに存在している場所があるのは不思議と思いながら、見も知らない土地の見も知らない人たちに言葉を宛てた。

4

勝手に予告された自殺までの期日は、毎日一日ずつ迫ってきていた。
なんの強制力も持たないそれは、それでも残念なことに確実に私を追い詰めていく。廊下で笑い声が聞こえるたびに私は目を伏せた。それが私に宛《あ》てられたものではないとは分かっていても、恐ろしい。保健室にでも逃げてしまいたかったが、それは母の言葉を借りれば〝情けない〟ことであったし、怪我以外、精神的な不調によって保健室に行くことは事実〝ダサい〟こととして認識されていた。私自身もまた例外ではなく、そう思っていたからこそ、もっと恥ずかしいような思いをして、廊下の隅を歩いていた。
蔵市が頭の中で言う。『くだらないことで悩んでるんですね』『こっちは切実なんだよ』『それでもやっぱりくだらないですよ、世界なんていくらでもあるのに』『こんな子どもじゃ、どこにも行けない』
この子たちは、私が手紙を書いたその日から、私の頭の中に住み始めた。時々、こんな風に突然出てきては茶々を入れてくる。その賑やかさが、私は嫌いではない。私であって私でないものが必要だった。

その日の放課後、帰ろうとしたら下駄箱の近くで、「調子に乗ってない？」とクラスのリーダー格の子に呼び止められた。

ただ、何も心の準備ができていなかったことが逆に私を強気にさせた。引いてはいけないと瞬間的に悟る。私は、「ちょうしに、のってる」と一文字ずつ確かめるように、口に出して言葉を反芻《はんすう》した。

「心当たりがない」

相手を睨《にら》みつけるように言う。事実、心当たりがなかった。顔が気に入らないとか、体型が気に入らないということであれば、納得はできずとも、そういうこともあろうかと理解はできたが、『調子に乗っている』という漠然としたワードで睨みつけられるのは私には理解ができなかった。

だから素直に「具体的には、何かした？」と訊いてみると、「そういうところだよ」と言われてしまった。さっぱり分からない。

確かに見下してこそいるつもりはなかったが、彼女たちのことは別の生き物だと思って距離を置いていた。休み時間も誰かと遊ぶというより、持ってきていた本や資料集を眺めているほうが楽しい。そういうところを指して調子に乗っていると言われたのだろうか。

そのように他と関わり合わないスタイルを貫けるように、今年からは何が起きても気に掛けないようにしようと決めていた。だから指揮者の投票の件や、自転車のパンク、上履きが失くなっていたことなど、全部どうでもいいこととして扱った。それから自殺の件も。全部どうでもいいこととして扱おうとしていた。

そして、この人たちが目の前に出てきたことで、それは本当にどうでもいいことになった。こんな奴らのために、私は怯えて暮らしていくのか。そんな馬鹿らしいことをするのか。誰もいない場所でしか話しかけてこない臆病な奴らのために。『いいぞ』と頭の中の三人が言う。『その調子だ』。実態が見えたら恐怖は収まった。取るに足らない奴らに私の感情をあげてたまるか。

「話は終わり?」

私は彼女たちにそう言って、通り過ぎる。通り過ぎながら、予告されたその日に自殺したら、どんなことになるだろうかと思って、少し笑った。

この世界も、この町も好きではなかったけれど、好きではないという表現は言葉が柔かすぎるかな。この町も、この世界も嫌いだったけれど。うん、こっちのほうが正しく私の感情を表現できている。嫌いだったけれど、それでも二つだけ好きなところがあって、星空と、それから学校からの帰り道、駅から家まで、好きな歌をちょうど四曲口ずさみながら帰る間の時間。その時間だけは一人でいることができるから好きだった。誰もいない道路でクルクルと回りながら歌う。観客は田んぼのカエルたち。大丈夫、世界は広い。ずっと遠くを見る。

5

ある日、手紙が返ってきた。西の、日本海が見える街から潮風と一緒に届いた。

それは樹令として出した手紙に対する返事だった。実際の私の学校での様子に少し脚色をして書いた手紙。『海が見たいです』と言葉を結んでポストに投函《とうかん》したものだ。

緊張しながら、手紙を開けた。手が少し震える。差出人には郡上涼子《ぐじょうりょうこ》とあった。

『お手紙ありがとう。突然知らない方からの便りで、驚きました。新手《あらて》の詐欺かなとも考えたけれども、それにしてはあまりにも内容が詐欺には結びつかなそうだから信頼してお返事を書いてみました。』

ここまで読んで、私はふっと力が抜けた。初めて私は自分自身の考えで、誰かと繋がることができたのかと思う。

手紙には、彼女の最近の出来事、育てていた花が咲いたこと、季節外れの花火をやったことが書かれていた。それから最後に『私の町は何もないけれど、海だけはとても綺麗です』と書いて結んでいた。

読み終わると、すぐに私は机に向かって返事を書いていた。

『今日は学校で少し悲しいことがありました。でも、すぐに平気になりました。それにあなたから手紙が返ってきてすごく嬉しかったです。

六月の十日、あなたのいる町まで旅をしてみようかと思います。Iというカフェに十八時に居ます。よかったら来てください。丸い眼鏡を掛けていて、肩で切り揃えた髪です。全然、来られなくたって構いません。』

計画はこうだった。私が自殺すると言われていた六月十日は月曜日。だから、日曜日の夜に西に向かう。それから一人で町を歩く。たったそれだけの計画。それだけだけど、私にとっては異国に冒険に行くのと変わらなかった。

そのときの私は、全能感なのか、諦念なのか、全てがなんでもいいと思えた。そんな遠出をするのなら親にも伝えなければならなかったけれど、別にそんなことも必要ないような気がした。頭の中の三人も都合良く賛成してくれた。賛成多数で、この計画は可決。

あとは通帳の残高を確認して、欠席連絡用の学校の電話番号を控えた。宿は、調べてみたら未成年では泊まれないところが多かったから、当日民宿を見つけて、雪子の名前で泊まることにした。年齢が高く見えるように、こっそりメイクの練習をしようと決めた。

結局この日、私は死ぬんだな、と思った。十日を境に私は一度死んで、また蘇るんだ。誰かに勝手に規定されてしまった死だけれど、私はこの死を使ってみたかった。

6

九日の夜行バスでまずは東京に向かった。家には書き置きだけしてきた。

『十一日には帰ります。心配しないでください。』

どこかで見たような書き置きだけど、いざ自分で書いてみると確かにそれくらいしか書くことがなくて笑ってしまった。これもまた母の、というよりも一般的に見ても十分に悪《あく》辣《らつ》な行為であることは自覚はしていたけれど、それでも黙って学校に行き続けることはできなかった。母もまた受け入れることはないだろうし、そうであれば行動するしか私には選択肢がなかった。

夜行バスは、これまで嗅いだことのない濃密な夜の匂いを孕《はら》んで、前の車のテールライトを追うように進んでいった。サービスエリアで一度バスを降りたときには、熱くなった身体に夜風が吹きつけて心地好かった。大人たちはこんな感覚を独り占めしているのだと思うと、こんなに緊張して毎日を過ごしている自分の世界なんてどうでもいいものだと思えた。

東京に着いたのはすっかり朝日が昇ったあとだった。

そこではサービスエリアで嗅いだ匂いとも、地元の土の香りとも違う、濁ったような臭いで、顔を顰《しか》めてしまった。上手く眠れなかったことも祟《たた》って、すぐに吐きそうになって、バスターミナルの近くのベンチに座って一息ついた。

休みながら、頭の中でこのあとのルートを反芻する。新幹線で京都まで。そのあとは、鈍行の電車で日本海側へ。それから最後はバス。予定していた新幹線に乗るまでにまだあと一時間はあった。

今頃家では大騒ぎかなと思うとちょっと怖かったけれど、ここまで来ることができたという思いのほうが大きくて、高揚感が勝《まさ》った。

眼の前では絶えることなく人が行き交っている。服装も、人種も、年齢も、本当に幅広かった。こんなにも人々が生きて生活しているんだ。それは恐ろしく途方もないことのように思えたけれど、今の私にとっては救いでもあった。学校のような世界だと、そこで想像できることがすべてのように思えてしまうけれど、当然そんなことはなくて、様々な世界との邂逅《かいこう》があるのだと、実感として肌に伝わってきた。

地元から京都までの独りの旅路は、これまでの人生の中で一番楽しかった。目に映るものはすべて新しく、希望のように感じられた。私が普段観測していない遠く離れた土地でも、誰かが日常を当たり前のように過ごしていて、それは私の生活に似たものかもしれないけれど、明確に違うものだった。

一方的に時間と場所を送りつけた店には十七時半に着いた。海の見えるその場所では、波が引いては寄せて、その音が心地好かった。

「樹令さん?」

後ろから声を掛けてきたのは、母親くらいの年齢の女性だった。正直もっと若い人を想像していたから、すぐに反応できなかった。

「涼子さん、ですか？」

自信なく問いかけると、「ええ」と短く頷いて、「隣いい？」と言って座った。

返事で『ええ』と言う人が身の回りにいなくて、それだけで私は映画みたいだと思ってしまう。いざ本人を目の前にすると何を言えばいいか分からずに、黙ってしまう。深目がしばらく続く。波音だけが私と彼女の間にあった。

「本当に来るなんて思ってなかった」

涼子さんは海を見ながら言った。

「遠かったでしょう？」

丸一日掛かりましたと私は答える。

「なんで、どうして来てくれたんですか？」

何を話せばいいか分からず、一番訊きたいことをなんの前置きもなく訊いてしまった。

答えを聞かないままに続けて言う。

「ごめんなさい。樹令というのも本名じゃないんです」

目線をずっと下げて話すことしかできなかった。ああ、もう、私は。いま私は緩やかに私を殺していっているんだ。

そんな私の様子を見て、涼子さんは慈《いつく》しむように微笑《ほほえ》んだ。

「別にあなたが何者だって構わなかった。ただ、切実なものを感じたから、本当に来るようだったら、会わなきゃって思ってたの」

それだけ言って、涼子さんは水平線を見つめる。そして「歩きましょうか」と席を立つ。

「あちらに、ほら見える？　灯台があるの」

そう言って、白い灯台を指し示しながら歩く。私は黙ってそれについていった。


海風は柔らかく、冷たかった。どこまでも続いているようだった。星空は私の地元とほとんど同じで、でも少しだけ違っていた。春ももう終わるのに。

「今日、自殺することになってたんです、私」

涼子さんは一瞬驚いたように目を見開き、それから「でもここに来た」と言った。

「そうです。それでもあいつらが思っているような死じゃなくても、私は今日死んだんだと思います」

「じゃあ今ここに居るあなたは？」

「私です。もう一度私は私に出会い直すために来たんです」

「いいじゃん」

砕けた言葉で涼子さんは笑った。

「大袈裟《おおげさ》かもしれないけれど、自分の神には自分がなるしかないんだって今日思って。いろんな人たちが目の前を通り過ぎていくのを見ながら。言っていること、分かります？」

彼女が「分かるよ」と頷く。

「私も同じだったから。じゃないと、あんな怪しい手紙に返事なんてしないよ」

「同じ？」

「正確には同じではないんだろうけど。私の苦しみは私のもので、あなたの苦しみはあなたのものだから。それでも、もしかしたらあなたの身の回りにいる人よりかは近い感覚を持ってるかもしれないと思って」

印象だけどね、と波に目をやりながらポツリポツリと話す。

「私も全然自分の環境を好きになれなくて、苦しかったから。あなたから送られてきたあの海を漂うメッセージボトルみたいな手紙からも、なんとなく近しいものを感じて」

「私は、私が嫌いでした。惨めで、情けなくて、強がることしかできなくて。私は私をやめたくて、他人になって手紙を書いていたんです」

あ、お返事ありがとうございました、と慌てて言い添える。涼子さんはクスリと笑って、「気まぐれだよ」となんでもないことのように言う。

「涼子さんはどうやって生き延びたんですか？」

生き延びるという言葉は大袈裟すぎる気もしたけれど、それ以外にどう表せばいいか分からなかった。

「安っぽい信仰を持つことができたから、かな。さっき、自分の神には自分がなるしかないって話してくれたけど、それと同じで、いろんなことを自分で赦《ゆる》せるようにしたの。それができたら少し楽になった」

風が強く吹いていた。いつの間にか目の前に聳《そび》え立っていた灯台に触る。白くて、スベスベとしていた。潮風に晒《さら》されていることを思わせない潔白さだった。服がいっときも休むことなくはためいて、すっかり潮の香りが移った。息を吸う。思いっきり風が吹きつけて苦しい。苦しくて、笑う。耳に対して風をあてる角度を変えると、音が変わってゆく。風が、輪郭を浮かび上がらせる。髪を押さえると潮風でゴワゴワとしていた。風に負けないように声を張る。

「私は、今日から生き直すことにしたんです。私の意思で、私を一度殺して、私がなりたい私になる。あいつらには良い機会を貰った。感謝なんてしないけど、それでも私は私の世界の在り方を変えることができるかもしれない。

ねえ、涼子さん、私の死を、誕生を、目撃してくれてありがとう」

本書は、季刊文芸誌「文藝」とソニー・ミュージックエンタテインメントが運営する小説投稿サイト monogatary.com が、二〇二三年八月から十月まで募集した文学賞の受賞七作をまとめた作品集です。

大賞作　「白山通り炎上の件」　有手窓
優秀作　「サイボーグになりたいパパゲーノ」　東旺伶旺
　　　　「放浪する顔面」　佐加島テトラ
佳作　　「青い木と遺棄」　目榎粒子
　　　　「グリーンベルベットの背骨」　青井井蛙
　　　　「タイポグリセミア」　本條七瀬
　　　　「さよならの海」　冬村未知

各物語はフィクションであり、実在する個人、組織、事件等とは一切関係ありません。

New me
—文藝×monogatary.com 小説集—

2024年11月20日　初版印刷
2024年11月30日　初版発行

著者
有《あり》手《て》窓《まど》／東《とう》旺《さか》伶《れ》旺《お》／佐《さ》加《か》島《しま》テトラ
目《め》榎《えの》粒《りゆう》子《こ》／青《あお》井《い》井《せい》蛙《あ》／本《ほん》條《じよう》七《なな》瀬《せ》／冬《ふゆ》村《むら》未《み》知《ち》

発行者
小野寺優

発行所
株式会社河出書房新社
〒162-8544　東京都新宿区東五軒町2-13
電話03-3404-1201（営業）　03-3404-8611（編集）
https://www.kawade.co.jp/

装画
Havtza

デザイン
野条友史（buku）

組版
株式会社キャップス

印刷・製本
株式会社広済堂ネクスト

ISBN978-4-309-03921-3　Printed in Japan